Patricia Juste Amédée

# Tila

## L'île de la Destinée

LES INTOUCHABLES

Les Éditions des Intouchables bénéficient du soutien financier de la
SODEC et du Programme de crédits d'impôt du gouvernement du
Québec.
Nous remercions le Conseil des Arts du Canada de l'aide accordée à
notre programme de publication.
Nous reconnaissons l'aide financière du gouvernement du Canada par
l'entremise du Programme d'aide au développement de l'industrie de
l'édition (PADIÉ) pour nos activités d'édition.

 Membre de l'Association nationale des éditeurs de livres.

LES ÉDITIONS DES INTOUCHABLES
512, boulevard Saint-Joseph Est, app. 1
Montréal, Québec
H2J 1J9
Téléphone : 514-526-0770
Télécopieur : 514-529-7780
www.lesintouchables.com

DISTRIBUTION : PROLOGUE
1650, boulevard Lionel-Bertrand
Boisbriand, Québec
J7H 1N7
Téléphone : 450-434-0306
Télécopieur : 450-434-2627

Impression : Transcontinental
Logo : Geneviève Nadeau
Infographie : Mathieu Giguère
Illustration de la couverture : Boris Stoilov

Dépôt légal : 2009
Bibliothèque et Archives nationales du Québec
Bibliothèque nationale du Canada

ISBN : 978-2-89549-391-4

*Les pattes du canard sont courtes, il est vrai ;*
*mais les allonger ne lui apporterait rien.*

Tchouang-Tseu

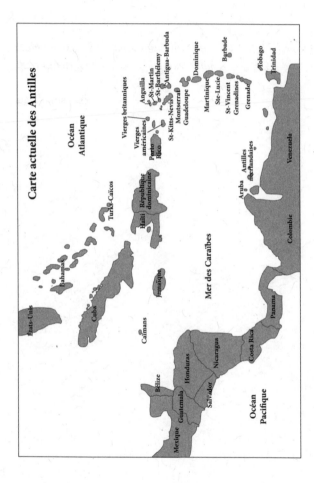

Carte actuelle des Antilles

Tila
L'île de la Destinée

# 1

Tila fixe Margrite qui ne la quitte pas non plus des yeux, comme s'il n'y avait personne d'autre dans la grande case. La jeune Kalinago est peinte en rouge de la tête aux pieds. Pas encore sèche, la teinture végétale dont on l'a enduite brille sur sa peau.

Une mèche tombe. Margrite pousse un tout petit soupir. Elle continue à regarder son amie par en dessous quand sa mère appuie sur le haut de son front pour l'obliger à baisser la tête. Elle sent la lame qui passe sur sa peau, ses longs cheveux qui glissent sur ses épaules, sur ses petits seins avant de tomber mollement sur le sol de terre battue de la cabane.

Lorsque Margrite relève la tête, son crâne est aussi lisse qu'une pierre.

« Qu'elle est belle ! » se dit Tila.

En effet, ses traits ressortent davantage sans les ornements que constituent habituellement les cheveux. C'est une beauté pure. Ses yeux et son sourire sont lumineux. Elle est heureuse.

C'est qu'une nouvelle vie commence pour Margrite. Elle est désormais une femme. Elle vient d'avoir ses premières menstruations. Et comme le veut la coutume, sa mère a invité les gens importants du village pour qu'ils assistent à cette cérémonie. Ils sont une quinzaine dans la case, surtout des femmes. Tila est venue avec Aïsha, sa mère, et Maman Mo, sa grand-mère adoptive. Le regard toujours rivé à celui de Margrite, elle entend Cacatoa, le chef du village qu'on appelle ici «ouboutou», parler à voix basse avec un vieil homme, comme si ce qui se passe là ne l'intéressait pas vraiment.

La mère de Margrite la fait maintenant asseoir sur une grande pierre toute plate que les Kalinagos nomment « tebou ». Après lui avoir ordonné de lever les bras – ce que la jeune fille fait d'un geste gracieux –, elle lui ceint le dessous des aisselles avec un fil de coton. À l'aide d'un autre fil, elle lui lie les doigts de pied. Ensuite, elle lui demande de se lever et de se tourner vers elle. Pour la première fois depuis le début de cet étrange rituel, Margrite et Tila cessent de se regarder dans les yeux.

Se laissant guider et aider par sa mère, la jeune Kalinago monte sur un hamac suspendu suffisamment haut pour qu'elle ne puisse pas en descendre toute seule. Elle y restera quatre jours sans boire ni manger, presque cinq jours en fait, car ce ne sera qu'au coucher du soleil du cinquième jour que sa mère lui apportera une patate cuite et une boisson alcoolisée, bien chaude, faite aussi avec des patates. Pendant ces cinq jours, vers huit heures du matin, sa mère viendra la laver. Pour ce faire, elle la fera asseoir sur la même pierre plate et lui versera sur la tête deux grandes calebasses d'eau.

Au cinquième jour, une fois que Margrite aura mangé, on remettra son hamac à une hauteur normale. Elle jeûnera alors pendant un mois, n'avalant chaque jour qu'un gros morceau de cassave et une chopine de vin. Durant cette période, comme tous les Kalinagos qui font un jeûne, elle devra attendre la nuit pour faire ses besoins, afin que personne ne la voie sortir.

Tant de fois Tila a vu cette scène et, pourtant, aujourd'hui, elle lui semble d'un autre temps. En son for intérieur, elle se réjouit en songeant qu'elle-même ne sera jamais au centre d'une telle cérémonie. Le *Joyeux César* est arrivé juste à temps dans sa vie pour l'arracher à ce qu'elle redoutait de tout son être. En effet, chez les Kalinagos, après cette cérémonie et le jeûne qui suit, la jeune fille est libre de se marier.

Le jeune homme kalinago, lui, peut se marier vers quinze ou seize ans. Il doit cependant savoir tirer à l'arc, pêcher, construire une maison, tresser des objets avec des fibres végétales ou des tiges, ainsi que faire un jardin. Lorsqu'il est capable d'accomplir toutes ces tâches, il prend une fille à l'essai pour un an. Si, au bout de cette période, la fille n'est pas enceinte, le garçon la congédie purement et simplement. Elle passera alors une année avec un autre homme et ainsi de suite, s'il le faut, jusqu'à ce qu'elle tombe enceinte. Si elle s'avère stérile, elle est bannie des caouynages, c'est-à-dire des fêtes, méprisée de tous.

Si Chemin ne lui permet pas d'avoir d'enfant, dit-on, c'est parce qu'il ne l'aime pas. Et quand ce dieu n'aime pas quelqu'un, personne ne l'aime. Pas question de déplaire à Chemin ! En effet, tout le monde sait que quand un individu fait quelque chose qu'elle n'apprécie pas, cette divinité teigneuse risque de venir le battre la nuit dans sa case. Bref, on ne plaisante pas avec Chemin !

Tila sourit. Elle n'a pas spécialement peur de Chemin. Mais un avenir tout tracé, sans mystères ni aventures, ça, oui, ça la terrifie. Elle a toujours eu en elle le goût de partir vers le large, de découvrir de nouveaux endroits, d'autres façons de vivre et de penser.

Maintenant que Margrite est cachée au fond de son hamac, Tila peut tourner la tête de tous les côtés pour voir ce qui se passe autour d'elle, chose qu'elle n'a pu faire depuis qu'elle est arrivée là, car tout de suite son regard a été happé par celui de son amie. Elle observe les gens qui se trouvent dans la grande case de la mère de Margrite.

Quand, une heure plus tôt, la sœur de cette dernière est venue l'inviter à cette cérémonie, Tila a tout de suite pensé à Popokondoe. Elle s'est demandé s'il serait là, car depuis que le père de Margrite a mystérieusement disparu, on voit très souvent sa mère avec le grand prêtre. Cela ne cesse d'étonner Tila qui ne comprend pas ce que cette belle femme peut bien faire avec ce bonhomme hideux, et si malveillant, en plus ! Il est vrai cependant que peu de gens à Cachacrou savent qui est réellement Popokondoe. L'ignoble personnage cache bien son jeu.

Mais Dieu merci, il n'est pas là !

Est-il encore à **Calibishie** avec le sorcier Tantiné ? Cherchent-ils un moyen de coincer la Fille des trois terres afin de l'empêcher de quitter la Dominique ? Ce sont les questions que se pose Tila alors que son regard se promène de visage en visage.

Soudain, elle sent une petite main qui s'agrippe à la sienne. Elle baisse la tête et voit Akil, le plus petit de ses frères. Un doigt posé

---

**Calibishie** est un village qui se trouve dans le nord-est de la Dominique, une île des Petites Antilles située entre la Guadeloupe, au nord, et la Martinique, au sud.

sur les lèvres, il lui demande de ne pas parler, ce que, de toute façon, elle n'a aucune intention de faire, ne tenant pas à attirer l'attention, puisque les enfants n'ont pas le droit d'assister à ce genre de cérémonie.

D'un regard inquiet, Tila vérifie si quelqu'un a vu son frère. Mais non, semble-t-il, car tout le monde a les yeux dirigés vers le haut, vers le hamac où est couchée Margrite, alors qu'Akil se fait tout petit en bas, collé contre la jambe de sa sœur. Il tire sur sa main pour lui faire comprendre qu'elle doit le suivre. Tila résiste en lui faisant les gros yeux, mais il insiste encore et encore, l'air si déterminé qu'elle finit par glisser à minuscules pas en direction de la porte qui, heureusement, ne se trouve pas très loin d'elle. Seule Aïsha a vu leur manège et les observe d'un œil à la fois soucieux et réprobateur.

– C'est Mouche et Kalidou qui m'ont demandé d'aller te chercher, explique le petit garçon aussitôt qu'il se retrouve hors de la case avec sa sœur. Et Gabriel a dit que je devais courir comme si j'avais un inibi aux fesses !

« C'est malin, tiens, d'entretenir ces stupides légendes seulement pour faire peur aux enfants ! » se dit Tila en suivant son frère.

Akil, désireux d'accomplir au mieux sa mission pour montrer qu'on peut lui faire confiance, s'est justement remis à courir comme s'il avait à ses trousses un de ces géants qui, dit-on, viennent parfois dans les villages pour voler des petits enfants, lesquels constitueraient en quelque sorte une gâterie dans leur alimentation.

Tila sourit en songeant à ses amis inibis, en particulier à Aya et à Chliko-Un. Contrairement à ce que croient la plupart des Kalinagos, ce sont des êtres aussi généreux que pacifiques. Ils ne feraient pas de mal à un moustique et encore moins à un enfant. En fait, ils sont végétariens, car ils considèrent tous les animaux comme leurs amis.

C'est en pensant à tout cela que Tila suit son petit frère, sans courir, mais tout de même d'un pas rapide, car elle sait que Mouche et Kalidou ne l'auraient pas ainsi dérangée en pleine cérémonie s'il n'y avait pas quelque chose de grave. Akil se dirige vers le carbet, une grande construction constituée uniquement d'un toit et de piliers, et dans laquelle se réunissent les gens du village.

Pour l'instant, c'est là que se trouvent la plupart des hommes du *Joyeux César*. Aidée par ses amis, Mouche les y a amenés avant de leur donner l'antidote qui allait les sortir du long sommeil dans lequel les avait plongés le somnifère qu'elle leur avait elle-même administré quelques jours plus tôt, sans se douter qu'il aurait un tel effet. Kalidou, Mouche, Gabriel, Ventenpoupe, Marie, Oliver et Jack se relaient pour les surveiller jour et nuit, secondés par de jeunes guerriers kalinagos.

En fait, si la grosse majorité des habitants de Cachacrou restent en ce moment à bonne distance du carbet, c'est non pas parce qu'ils ont peur de ces brutes de pirates – ils en ont vu d'autres, et des plus méchants ! –, mais parce qu'ils trouvent que ces hommes sentent horriblement mauvais.

« Je suis sûr que le dernier bain qu'ils ont pris, c'est leur mère qui le leur a donné quand ils pissaient encore dans leurs culottes ! » a un jour décrété Antonin Armagnac en éclatant de rire, aussitôt imité par son vieil ami Henri Parzet.

Ce genre de chose ne fait pas du tout rire les Kalinagos qui, eux, se lavent sans faute tous les jours, à part bien sûr quand ils sont malades et qu'ils jugent préférable de ne pas mettre leur peau au contact de l'eau froide. Ils ont une science du corps et de la nature que leurs « visiteurs » blancs ont déjà perdue. Mais c'est pourtant eux que ces derniers traitent de « sauvages » et d'« ignorants ».

« Ça prouve bien que la crasse et la bêtise vont souvent de pair ! » se dit Tila.

Elle en est là de ses pensées lorsque Mouche vient se planter devant elle et lui lance sans préambule, tout excitée :

– J'ai trouvé la recette de l'antidote que la sorcière Appo donne au sorcier Tantiné…

– Ah oui ? fait Tila, les yeux ronds.

Un frisson lui traverse le dos. Elle s'attend au pire. Que peut donc faire boire cette infecte bonne femme à son homme pour contrer le sort que lui a jeté son père, le Roi des ténèbres ? Du pipi de singe ? De la bouillie de cervelle de perroquet ? De la bave d'escargot ?

– C'est encore plus dégueulasse que tout ce que tu peux imaginer, dit Mouche, comme si elle lisait dans ses pensées. Viens t'asseoir.

Elle prend son amie par la main et la tire doucement vers un banc fait de branches d'arbre, à l'ombre d'un énorme manguier. Une fois qu'elles sont assises toutes les deux, Mouche s'assure d'un regard circulaire que personne ne peut les entendre, puis elle demande à voix basse :

– Tu te souviens des **squelettes qu'on a vus dans le tunnel** qui va du repaire de la sorcière Appo au Trou du diable ?

– Qui pourrait oublier ça ? répond Tila avec une grimace, revoyant les dizaines de squelettes mutilés, pendus au plafond de l'immense caverne de façon à former un mobile à la fois macabre et fascinant. Mais je ne vois vraiment pas le rapport avec l'antidote…

---

Voir tome 3, *La disparition d'Aya*.

Mouche soupire.

– Mouais, je sais que c'est dur à imaginer, mais il y a malheureusement un lien entre ces corps et cet antidote…

Les yeux de Tila s'arrondissent encore davantage ; son cœur se met à battre plus vite ; son souffle se fait court.

– Tu veux dire que… ?

– Oui… Ces squelettes appartenaient tous à des hommes. Appo a attiré ces derniers dans son antre pour prélever, avant et après leur mort, les liquides organiques dont elle avait besoin pour fabriquer l'infâme potion qu'elle servait à son mari trois jours après chaque nouvelle lune…

Tila frissonne et grimace encore. Elle n'est pas sûre de vouloir comprendre.

– Liquides organiques…, répète-t-elle juste pour dire quelque chose.

– Oui, princesse, liquides organiques ! C'est-à-dire sperme, salive et sueur quand la victime est encore en vie… et sang après. On mélange ces ingrédients bien frais dans les proportions voulues, on met le tout dans une marmite avec un globe oculaire, on fait bouillir, puis on laisse refroidir. Juste avant de servir, on ajoute une goutte de bile, on saupoudre cette mixture de poudre d'os, on met un zeste de cartilage d'oreille, des petites miettes de cervelet, et le tour est joué !

– Merci pour les détails ! dit Tila avec une moue de dégoût, une main sur l'estomac. C'est ignoble, ce que tu me racontes là !

– J'aimerais pouvoir te dire que je l'ai inventé, répond Mouche en esquissant un pâle sourire, mais ce n'est malheureusement pas le cas. C'est la stricte vérité. Je l'ai lu dans le grimoire du Roi des ténèbres. Et ça explique ce que nous avons vu dans le souterrain. Il n'y a aucun doute possible. Comme nous l'avions soupçonné, Appo allait dans les tavernes de la côte pour aguicher des hommes blancs qu'elle n'avait aucun mal à ramener chez elle. Il n'y a pas beaucoup de mecs qui peuvent résister à une beauté pareille, surtout après plusieurs mois de mer… J'imagine qu'elle leur promettait les plus grands plaisirs, si tu vois ce que je veux dire…

– Tu crois que c'est ce qui est arrivé à Émile Berland ?

– Bien sûr ! Ça m'étonnerait qu'il l'ait rencontrée en allant cueillir des champignons dans la forêt… Depuis qu'**il a retrouvé la mémoire**, il ne nous a jamais raconté ce qu'il avait vécu chez elle, et je t'avoue que je n'ai pas osé lui poser la question… même si je crève d'envie de savoir comment il a réussi à se sortir des griffes de cette saleté d'Appo. En tout cas, il l'a échappé belle !

---

Voir tome 4, *La Gardienne de la mangrove*.

Ceux qui n'ont pas pu fuir ont connu une mort horrible.

– Brrr ! rien que d'y penser, j'en ai la chair de poule ! s'exclame Tila en mettant ses bras en croix sur sa poitrine, une main sur chaque épaule. Ces gens sont vraiment dangereux !

– Oui, et c'est bien pour ça que nous avons demandé à Akil d'aller te chercher. Nous devons quitter cette île le plus vite possible, Tila. Il ne faut pas que le sorcier Tantiné mette la main sur le grimoire du Roi des ténèbres. Appo et lui ne doivent jamais retrouver leurs sataniques pouvoirs. Dans le cas d'Appo, il en va de la vie de beaucoup d'hommes. Pour ce qui est de Tantiné, la menace est bien plus grande. Le seul qui puisse l'anéantir à tout jamais, c'est Maître Boa. Mais, pour cela, il doit retrouver la vue. Il faut donc que tu te débrouilles pour lui rapporter le remède qui la lui rendra. Nous ne pourrons pas revenir ici tant que tu ne l'auras pas trouvé…

– Quoi ? ! s'étrangle Tila. Et si je ne le trouve pas ? Je ne pourrai jamais revenir chez moi ?

– Tu n'as pas le choix, princesse, tu DOIS le trouver… même si, pour cela, tu dois faire trois fois le tour du monde…

– Mais…

– C'est ta mission en tant que Fille des trois terres.

– M…

– Tu es venue sur cette terre principalement pour ça, l'interrompt encore Mouche. Et si on ne fait pas ce pour quoi on est venu sur cette terre, on est malheureux toute sa vie, tu sais?

– Ah! ah! trop drôle! Et qui peut nous dire avec certitude ce qu'on est venu faire sur cette terre?

– Notre cœur.

Tila pousse un long soupir, fait un demi-tour sur elle-même comme si elle voulait partir, un autre pour revenir face à face avec Mouche, se passe une main sur le front, soupire de nouveau. Puis elle dit dans un souffle:

– D'accord, on s'en va!

## 2

Tila monte sur un billot de bois, dans le carbet, et reste un instant sans rien dire, prenant le temps de balayer lentement l'assemblée du regard pour établir un contact visuel avec chacun des hommes qui la composent. Certains la regardent droit dans les yeux; d'autres détournent la tête. Ainsi, la jeune propriétaire du *Joyeux César* fait mentalement un premier tri.

– Maintenant, on va jouer cartes sur table, finit-elle par dire. Je sais ce que vous avez fait. Vous avez essayé de vous débarrasser de moi, et de mes amis par la même occasion, en m'offrant une bouteille de vin empoisonné. Riton a eu la gentillesse de tout me raconter, ajoute-t-elle en faisant un geste du menton en direction du colosse qui lui a effectivement fait des confidences, mais plus par bravade que par amitié, puisque c'était juste avant de tenter de la tuer, quatre jours plus tôt.

Riton – le seul que Mouche et ses compagnons ont laissé ligoté – baisse la tête et crache par terre, furieux.

– Malpropre ! grogne un jeune Kalinago, juste à côté de lui, en lui donnant un retentissant coup de pied aux fesses qui le propulse en avant, lui faisant presque perdre l'équilibre.

Tila fixe Riton, qui est rouge de rage et d'humiliation, mais ne voit dans ses yeux aucun remords. Cela la conforte dans sa décision : cet homme ne remettra jamais les pieds sur son bateau. C'est le seul à qui elle ne peut accorder son pardon. Si Mouche n'était pas arrivée à temps sur le pont du *Joyeux César*, il lui aurait tiré dessus sans pitié, elle en est convaincue.

– Puisque je sais à présent qui vous êtes, reprend Tila, vous devez aussi savoir qui je suis. Comme ça, nous saurons exactement, les uns et les autres, à qui nous avons affaire : moi, à des lâches… et vous… eh oui !… à une vraie fille !

Elle s'amuse de l'expression perplexe que viennent de prendre les hommes auxquels elle s'adresse : ils ne savent plus si elle ment ou si elle dit la vérité.

– Je vous le jure, je suis une fille ! ajoute-t-elle sans pouvoir s'empêcher de rire. Si vous n'aviez pas été aussi bornés et aveuglés par de stupides préjugés, nous n'aurions pas été obligés de vous mentir ! Quelle idée, aussi, de croire que les femmes portent malheur sur un bateau ! Ah ! c'est bien la chose la plus bête que j'aie jamais entendue ! Imaginez que votre mère soit en danger de mort et vous demande de la prendre sur votre navire… Qu'est-ce que vous feriez ? Vous la laisseriez mourir sous prétexte qu'elle ne peut pas monter sur votre bateau ?

La jeune fille pointe du doigt un gros barbu.

– Qu'est-ce que tu ferais, toi ? lui demande-t-elle.

Mal à l'aise, l'homme penche un peu la tête vers l'avant, toussote, faisant comme s'il n'avait pas entendu. Mais voyant que tout le monde le regarde, il grommelle :

– Je sais pas, moi !

– Mais si, tu le sais ! insiste Tila. Allez, parle franchement. On est entre amis, pas vrai ? Qu'est-ce que tu ferais si, pour une question de vie ou de mort, ta mère te demandait de la prendre sur ton bateau ?

Le barbu soupire, agacé, se demandant pourquoi il a fallu que la question tombe sur lui.

– Tu n'as pas le courage de répondre ou quoi ? lance Tila avec un sourire narquois. Tu ne veux pas que tes amis sachent que tu as un cœur ?

– Eh bien, réponds ! s'impatiente un jeune homme qui se trouve à côté du barbu en lui donnant un coup de coude.

Le gros pirate marmonne des paroles inintelligibles, jette un regard en biais à Riton, hausse les épaules, puis finit par déclarer d'une grosse voix :

– Mais oui, bien sûr que je prendrais ma mère sur mon bateau !

– Ben, tu vois ! se réjouit Tila. Ce n'était quand même pas si difficile ! Et tu crois que ta mère pourrait te porter malheur ?

– Mais quand on est obligé, c'est pas pareil ! rétorque le bonhomme.

– Ça, c'est bien vrai ! lance un autre pirate, derrière lui, en hochant la tête plusieurs fois pour bien appuyer ses propos.

– Ah, tiens ! ça, c'est intéressant ! s'exclame Tila, sautant à pieds joints dans la faille que son interlocuteur vient de lui ouvrir. Quand on est obligé, ce n'est pas pareil… Mais, dans mon cas à moi, est-ce que Joseph Lataste vous a donné le choix ?

Cette question suscite une certaine confusion dans la petite assemblée. Les têtes tournent de tous les côtés. Les pirates échangent des regards interrogatifs.

– Non…, font certains en écarquillant les yeux.

Cette constatation semble être pour eux une révélation qui les étonne mais, en même temps, les réconforte. C'est vrai, après tout : ils n'ont pas eu le choix. D'abord, Joseph Lataste leur a imposé un héritier qui s'est avéré être une héritière. Et puis, cette Tila leur a menti en leur disant que son amie Mouche et elle étaient des garçons qu'une sorcière avait transformés en filles.

L'affreux vieillard qui leur est apparu dans la cale du *Joyeux César*, quelques jours plus tôt à Toucari, leur avait bien dit qu'elles étaient des vraies filles, mais la plupart d'entre eux ont vu l'incroyable retournement de situation qui a eu lieu ensuite, lorsqu'ils ont tenté de se mutiner pour prendre possession du trois-mâts, comme un châtiment de l'au-delà. Ils ne savaient plus trop quoi penser. En même temps, ils se disaient que, pour se battre comme ça, Mouche devait être un garçon… Et si Mouche était un garçon, alors Tila en était un aussi.

Bref, encore de quoi perdre le nord !

– Écoutez, reprend Tila, j'adorerais bavarder davantage avec vous, mais nous n'en avons pas le temps. Je comprends que tout cela soit plutôt déroutant pour vous. Mais, après tout, ce qui rend la vie si passionnante, c'est qu'elle est pleine de mystères et de surprises, pas vrai ? ajoute-t-elle avec un grand sourire qu'elle voudrait communicatif, mais qui ne l'est pas du tout, comme en témoigne la mine consternée des pirates.

« Tant pis ! » songe-t-elle en haussant les épaules et en tordant la bouche.

– Comme vous le savez certainement, Pierre Jean a décidé de quitter le *Joyeux César*. Le nouveau capitaine temporaire est mon ami Émile Berland, précise-t-elle en saluant d'un hochement de tête l'homme qu'elle a rencontré huit jours plus tôt dans le nord de l'île.

Debout au fond du carbet, à côté de Gabriel qui a un sourire jusqu'aux oreilles, Émile Berland lui fait un clin d'œil et hoche à son tour la tête pour l'encourager à continuer, ce qu'elle fait :

– Vous avez décidé de me livrer une bataille que vous avez perdue. Vous êtes donc à présent mes prisonniers. J'ai aujourd'hui le rôle que vous m'avez vous-mêmes donné… celui de juge… Mais comme je ne suis pas aussi méchante que vous, un seul homme sera puni, car c'est lui qui a monté ce complot et qui vous a entraînés, même si… hum… ça n'a pas dû être très dur pour certains…, ajoute-t-elle en regardant ceux qui, justement, se gardent bien de la regarder.

Tila s'éclaircit la voix avant de déclarer sur un ton autoritaire et solennel :

– Voici donc le verdict : Riton restera prisonnier ici même, dans ce village. Il n'aura ni chaînes ni barreaux, mais je vous garantis qu'il ne pourra pas s'échapper… Quant aux autres… eh bien… si vous n'avez pas eu le choix jusqu'à présent, vous allez l'avoir maintenant ! Ceux qui veulent revenir sur le bateau sont les bienvenus. Les autres… je vous tire ma révérence et vous souhaite bonne route. Aussitôt après notre départ, les jeunes guerriers qui vous surveillent depuis que nous sommes revenus à Cachacrou vous emmèneront à Roseau. Je vous distribuerai un peu d'argent pour survivre dans cette ville jusqu'à ce que vous trouviez un bateau sur lequel vous pourrez embarquer et exercer votre métier… enfin, si on peut appeler « métier » vos activités de forbans…

Elle lève la tête et pointe un bras vers le ciel.

– Quand le soleil sera à cette hauteur, nous monterons dans les chaloupes pour nous rendre au *Joyeux César* et partir. Je vous laisse donc jusqu'à ce moment pour choisir votre camp. Je n'ai plus qu'une chose à vous dire : que vous le vouliez ou non, nous sommes tous dans le même bateau, au sens propre comme au sens figuré… Alors, libre à vous ! Bonne réflexion !

## 3

Sur ces mots, Tila descend de son billot de bois et s'approche de Kalidou qui l'a appelée d'un signe discret. Il la prend par le bras et l'entraîne à l'écart.

– Je suis allé voir Chliko-Un ce matin, lui dit-il lorsqu'ils sont assez loin pour que personne ne puisse les entendre.

– Comment va-t-il? lui demande Tila en mettant une main sur son cœur, émue d'entendre parler du vieil inibi qu'elle aime tant.

– Fatigué, mais ça va, il tient le coup. Il te fait dire quand même de te dépêcher à trouver le remède qui permettra à Maître Boa de retrouver la vue… Tu sais que ce n'est que ce jour-là que Chliko-Un et Chliko-Deux pourront enfin se reposer et retrouver une vie normale. Ils ont hâte de se revoir, et aussi de revoir leur vieille maman.

Tila se mord les lèvres. Elle a une bouffée d'anxiété chaque fois qu'elle entrevoit, comme en ce moment, l'ampleur de sa tâche, de sa responsabilité à l'égard de ses amis inibis qui

comptent tant sur elle. Et si elle échouait?...
Elle a tellement peur de les décevoir!

Les inibis sont les gardiens de Maître Boa,
qui est le maître du temps, du pouvoir et de la
connaissance; le père, selon eux, de toutes les
créatures vivant sur la terre, dans la mer et le
ciel. Ils sont ses yeux, en fait, depuis que le
sorcier Tantiné l'a rendu aveugle, il y a bien
longtemps de cela. Les jumeaux Chliko-Un et
Chliko-Deux sont leurs chefs, le premier dans
le sud de l'île, le second dans le nord. Eux
seuls ont le pouvoir de synthétiser les regards
des autres et les leurs pour en faire une suite
logique qui, dans l'esprit de Maître Boa, devient
une représentation fidèle de la réalité qui
l'entoure.

Cependant, les deux vénérables inibis sont
maintenant des vieillards. Obligés d'observer
jour et nuit tout ce qui se passe d'un bout à
l'autre de l'île, ne dormant qu'un instant par-ci
par-là, ces êtres pourtant dotés d'une force
phénoménale sont épuisés, car un autre mauvais
sort du sorcier Tantiné les a empêchés d'avoir
des descendants mâles qui auraient pu prendre
leur relève.

Leur unique espoir, c'est la Fille des trois terres,
celle dont le Divin Devin a annoncé la venue,
celle qui, d'après eux, n'est autre que Tila... Elle
seule, assurent-ils, est capable de trouver le

remède qui rendra la vue à Maître Boa. Ainsi, ce dernier n'aura plus besoin des deux Chliko qui pourront enfin prendre un repos bien mérité.

Quand Chliko-Un et sa femme, Taïna, lui ont révélé qui elle était et qu'ils lui ont expliqué sa mission, Tila a pensé qu'ils étaient fous. Mais, depuis, avec tout ce qui s'est passé, à commencer par l'arrivée du *Joyeux César*, elle a bien dû admettre que cette histoire n'était finalement pas dénuée de fondement…

– Et Aya, elle va bien ? lance Tila pour chasser l'anxiété qu'ont suscitée en elle les paroles de son oncle.

– Oui, Aya va bien, répond Kalidou avec un sourire en coin, comprenant ce que ressent Tila qui, il le reconnaît, n'a pas une tâche facile. Comme Chliko-Un, Taïna et tous les autres, elle m'a demandé de te transmettre ses amitiés. Elle dit qu'elle est très fière d'avoir une amie comme toi, que tu es vraiment courageuse d'avoir pris le risque d'affronter tes pires ennemis juste pour **la retrouver dans la vallée de la Désolation**… Tous les inibis te sont infiniment reconnaissants de ce que tu as fait…

– Mais ce n'est pas moi qui ai délivré Aya…, rectifie Tila. C'est la fée Sérina, l'amie de Mouche.

---

Voir tome 3, *La disparition d'Aya*.

– Oui, mais Sérina n'aurait pas été là si Mouche n'avait pas été là… et Mouche n'aurait pas été là si tu n'avais pas été là… Tu dois comprendre, Tila, que nous ne sommes qu'un. Nous sommes les différentes parties d'un même grand corps…

– Je ne fais pas partie du corps que forment Appo, Tantiné et Popokondoe…

– Tu as raison, approuve Kalidou, ce sont deux forces différentes. Elles s'affrontent depuis la nuit des temps. On les appelle le Bien et le Mal. Mais tu ne dois pas te méprendre, petite femme : il y a du mal en toi comme il y a du bien en eux… On marche parfois sur une corde tendue entre les deux. Il suffit d'un faux pas pour tomber… C'est pour ça qu'on doit toujours bien regarder où on met les pieds !

Kalidou sourit, puis ajoute :

– On a si vite fait de les mettre dans le caca, au sens propre comme au sens figuré !…

D'étranges cris d'oiseaux retentissent soudain, là-bas dans la forêt, non loin du village, donnant la chair de poule à tous ceux qui les entendent.

– Ce sont des oui-non ! s'écrie Tila d'une voix dans laquelle transparaît la panique que fait naître en elle la présence de ces horribles bêtes créées par le sorcier Tantiné.

– Ne t'en fais pas, la rassure son oncle, ces sales oiseaux ne rentreront plus dans le village.

Ils ont eu trop peur la fois où ils l'ont fait. On ne peut pas dire que ton chien Anatole leur ait fait très bon accueil… Les gens ne parlent que de ça, à Cachacrou. Il paraît que c'était terrifiant. Ce petit chien d'habitude si doux s'est jeté sur les oui-non comme un fauve sanguinaire. Il sautait comme un singe. Il a réussi à en attraper trois en trois bonds. Domino, le chat de Catherine, le suivait avec un air de tueur, comme s'il avait fait ça toute sa vie. Lui, il a massacré deux oui-non en deux temps, trois mouvements. Les autres ont pris peur et se sont enfuis. Personne n'en revenait !

Kalidou se gratte la tête avant de reprendre :

– Je t'avoue que j'ai eu du mal à le croire quand on me l'a raconté… Mais j'ai tout compris ce matin chez Chliko-Un. Ce n'est pas pour rien qu'il t'a offert ce petit chien…

– Quoi ? fait Tila, tout étonnée.

– Eh oui, petite femme, Anatole a été spécialement dressé pour attaquer les oui-non… Chliko-Un savait bien que, un jour ou l'autre, tu aurais affaire à ces créatures… Qui aurait pu imaginer que ce chien allait devenir l'ami inséparable d'un chat apparemment inoffensif, mais qui s'avère être un redoutable collaborateur ? Comme tu l'as si bien dit tout à l'heure à ces hommes qui n'ont pas eu l'air de vraiment comprendre, la vie est pleine de surprises et de mystères !…

Une vague angoisse étreint Tila. Justement, il lui semble, tout à coup, que les mystères et les surprises ne devraient quand même pas dépasser une certaine limite…

– Chliko-Un aurait dû me prévenir ! marmonne-t-elle, contrariée.

Puis, dans le même souffle, la jeune fille demande avec une certaine appréhension :

– Est-ce qu'Anatole a aussi été dressé pour attaquer les ti-colos ?

– Euh… oui…, répond Kalidou, un peu mal à l'aise, puisque les ti-colos sont aussi une création du sorcier Tantiné et que, jusqu'à tout récemment, ils représentaient pour toi une grande menace. Je suppose que Chliko-Un a préféré ne pas te le dire pour éviter de t'effrayer…

– Mais si j'avais décidé d'emmener Anatole dans la vallée de la Désolation, je n'aurais eu aucune chance de remettre en contact Catherine et Crétin, le roi des ti-colos. Il aurait fait foirer mon plan ! Crétin serait toujours notre ennemi ! Qui sait même s'il ne nous aurait pas tous tués ?!

– C'est bien la preuve que tu as eu une bonne intuition en décidant de ne pas emmener Anatole…, réplique simplement Kalidou en haussant les épaules. Rien n'arrive pour rien, Tila. Tu dois toujours écouter la voix qui parle en toi… celle du cœur, je veux dire, pas celle qui fait du blabla dans notre tête.

Un peu agacé par la tournure qu'a prise la conversation, il regarde autour de lui d'un air impatient, puis déclare sur un ton tranchant:

– Le temps presse, Tila! Je ne t'ai pas fait venir ici pour parler de ce que Chliko-Un aurait dû faire ou ne pas faire… d'autant plus qu'il me semble bien assez grand pour le savoir!

En entendant ces mots, Tila ne peut s'empêcher de sourire.

– Ah, ça, pour être grand, il est grand! Normal pour un géant!

– C'est ce que j'aime avec toi, fait Kalidou en riant, tu ne restes jamais fâchée bien longtemps!

– Comme dit Mouche, il y a assez d'enquiquineurs sur la terre pour qu'on ne s'enquiquine pas soi-même…

– C'est une autre chose que j'aime avec toi: tu apprends vite!

– Alors, tu m'as appelée pour me faire des compliments?

– Et tu es drôle, en plus!

– Hum, j'aime ça! s'exclame Tila, l'œil pétillant, avec un petit grondement qui fait penser à un ronronnement de chat. Tu en as d'autres?

– Et si belle!

Kalidou éclate de rire, mais retrouve vite son sérieux.

– En fait, Tila, si je t'ai appelée, c'est pour te dire que Tantiné et Popokondoe sont revenus dans la vallée de la Désolation…

– Comment tu le sais ?

– C'est Chliko-Un qui me l'a dit.

– Mais oui, bien sûr, monsieur le-géant-qui-sait-tout-qui-voit-tout ! lance Tila sur un ton impertinent.

Kalidou sourit en levant les yeux au ciel. Malgré l'amitié et le respect qu'ils ont l'un pour l'autre, Tila et Chliko-Un ne cessent de se narguer mutuellement. Dès qu'ils sont ensemble, ils ne peuvent s'empêcher de se chamailler, ne ratant jamais une occasion de se lancer une pique, au grand dam de Taïna, la femme de Chliko-Un, qui trouve qu'ils se comportent comme des gamins mal élevés.

– Et que font Tantiné et Popokondoe dans la vallée de la Désolation ? demande Tila, à la fois curieuse et inquiète.

– Ils fouillent partout pour trouver le grimoire du Roi des ténèbres. On dirait que Tantiné a compris qu'Appo avait pu le cacher dans un endroit auquel elle seule était capable d'accéder grâce à sa souplesse et à sa minceur, car il a amené avec lui un enfant d'à peu près dix ans. Ils peuvent ainsi explorer chaque faille, chaque creux de l'immense caverne d'Appo.

– Et les ti-colos, où est-ce qu'ils sont ?

– Aucune idée… Visiblement, ils ont disparu…

– Comme tout cela est étrange ! s'exclame Tila en passant le dos de sa main droite sur son front. On dirait que les deux sorciers ne veulent pas m'affronter directement… Je n'ai pas revu Popokondoe de près depuis le jour où **il a essayé de me tuer avec ses mille-pattes géants**…

– Il a peur de Mouche, répond Kalidou avec un grand sourire, confirmant ce que sa nièce avait déjà soupçonné. Il a compris qu'elle est plus forte que lui. Je t'assure que, le jour dont tu parles, elle a tout fait pour lui faire passer l'envie de s'approcher de toi…

– C'est bien ce qui me semblait ! fait Tila en riant de bon cœur. C'est vrai qu'il n'était pas très beau à voir après être passé entre ses mains…

– Exact… même s'il n'est jamais très beau à voir…

Ils rient encore tous les deux, puis Tila reprend :

– Mais Tantiné ?… Tout le monde dit que c'est un très puissant sorcier… suffisamment en tout cas pour rendre Maître Boa aveugle et pour empêcher les Chliko d'engendrer des garçons…

---

Voir tome 2, *Bon vent, Fille des trois terres* !

– Les légendes lui prêtent encore bien d'autres maléfices, précise Kalidou.

– Il me semble qu'il pourrait ne faire qu'une bouchée d'une jeune fille comme moi…

– Cette question, Tila, c'est toi qui vas devoir y répondre un de ces jours… Peut-être que tu te sous-estimes, ou encore que tu sous-estimes les forces qui te protègent… Peut-être aussi que le sorcier Tantiné a déjà commencé à perdre ses pouvoirs… Mais, en attendant de le savoir, tu dois faire preuve de la plus grande prudence. Si Tantiné et Popokondoe cherchent encore le grimoire du Roi des ténèbres dans le repaire d'Appo, ça veut dire qu'ils ne savent pas que tu l'as en ta possession. Mais ils vont vite le comprendre quand ils vont apprendre que toutes les personnes qui avaient absorbé du somnifère se sont réveillées… La conclusion est facile à tirer : la personne qui les a réveillées connaît la composition de l'antidote – donc, c'est elle qui a le grimoire.

– Mais ils ne peuvent pas savoir si les hommes de l'équipage nous ont vraiment donné le somnifère que Popokondoe leur a apporté dans la cale du *Joyeux César*. Ils ne peuvent pas non plus savoir que Mouche a endormi presque tous les pirates avec le même produit.

– Depuis deux jours, on peut dire que Cachacrou est pratiquement paralysé. Il y a d'abord eu cette attaque des oui-non, puis le *Joyeux César* est revenu avec toi qui étais inconsciente, ce qui a plongé tout le monde dans une grande inquiétude. Entre-temps, tous les habitants du village nous ont vus ramener à terre les pirates endormis, puis leur faire boire quelque chose qui les a tirés du sommeil. Maintenant, il y a cette cérémonie pour Margrite, et les femmes préparent le caouynage qui va suivre. Mais encore quelques heures et la vie va reprendre son cours, les femmes vont aller à la rivière, les hommes vont aller chasser, les nouvelles vont recommencer à circuler…

— Mouais, je vois…, soupire Tila.

— C'est pour ça que vous devez partir le plus vite possible.

— Tu as bien dit « vous » ?

— Oui, Tila, j'ai bien dit « vous ». Je ne vais pas partir avec vous… J'ai des choses à faire, à commencer par veiller à ce que les hommes qui ne partiront pas avec toi arrivent bien à Roseau et sans embêter personne. J'irai te rejoindre plus tard.

— Mais nous ne savons même pas où nous allons !

— Ne t'inquiète pas, où que tu sois, je te retrouverai toujours…

## 4

Tila est étonnée. Elle est certes déçue de savoir que Kalidou ne partira pas avec elle, mais ce désappointement n'est en rien comparable au profond abattement qu'elle a ressenti, à peine deux semaines plus tôt, lorsqu'il lui a annoncé qu'il ne l'accompagnerait pas dans la vallée de la Désolation, où elle devait partir pour retrouver Aya, son amie inibi qui avait été enlevée par les ti-colos à la demande du sorcier Tantiné. Elle s'était sentie si vide alors, désorientée, abandonnée. Elle n'éprouve rien de tel en ce moment. Seulement un pincement au cœur.

Aurait-elle grandi ?

C'est la question qu'elle se pose alors qu'elle se dirige vers sa case pour aller préparer ses affaires. Soudain, elle sursaute en entendant, derrière elle, une voix qui lui susurre :

– Tu es de plus en plus belle…

Tila se retourne pour se retrouver nez à nez avec Jokouani, un jeune homme du village qui est amoureux d'elle. Elle l'aime aussi, mais comme un frère, comme l'ami avec lequel elle a partagé tant de jeux tout au long de son enfance. C'est en fait comme cela qu'elle considère tous les garçons de Cachacrou. Jokouani n'est pas le seul à s'en plaindre, car la jolie Métisse suscite bien des désirs, mais il est le seul qui ne cesse de le faire à haute voix, prêt à tout pour l'avoir.

— Tu sais, lance Tila avec un sourire en coin, la beauté n'est pas ce qu'il y a de plus important. Il y a des gens qui sont très beaux à l'extérieur, mais très laids à l'intérieur…

— Je sais que ce n'est pas ton cas. Tu es aussi belle dedans que dehors, répond le Kalinago d'une voix suave. Dès que j'aurai fini de construire ma maison, je demanderai à Cimanari de te laisser venir habiter avec moi.

— Il me semble que c'est à moi que tu devrais demander si je veux ou non venir habiter avec toi, réplique sèchement l'adolescente qui sent la moutarde lui monter au nez.

— Tu sais bien, Tila, que c'est comme ça que les choses se passent ici. L'homme choisit la fille qu'il veut, et c'est le père de cette dernière qui décide s'il la lui donne ou non.

— Bien sûr que je le sais! Et je respecte cette coutume comme les autres. Mais Cimanari n'est pas mon père. Il est seulement le mari de ma mère.

— C'est lui qui t'a élevée, c'est lui qui t'a nourrie. Que tu le veuilles ou non, c'est ton père. Tu dois lui obéir.

– Mon père s'appelle Marc Lataste, pas Cimanari! crache Tila, rouge de colère. Et personne ne m'imposera quoi que ce soit. Je suis LIBRE!

– Ne te fâche pas, ma belle, lui dit Jokouani d'un ton enjôleur en la prenant par le cou. Tu sais que je t'aime d'un amour fou!

– Je n'en veux pas, justement, de ton amour fou! grogne Tila qui le pousse de toutes ses forces pour se dégager. Lâche-moi!

– Tu verras, tu seras bien avec moi, insiste Jokouani sans desserrer son étreinte. Tu n'auras plus à partir sur ce sale bateau avec ces hommes dégoûtants!

– Lâche-moi, je te dis! répète la jeune fille en lui donnant un coup de coude dans les côtes.

Mais le garçon, enivré par son odeur musquée, par ce premier contact avec sa peau ambrée, chaude et douce comme un espoir de caresse, ne l'entend pas de cette oreille. Il lui attrape les poignets, puis, en les tenant fermement, il l'attire vers lui et essaie de coller ses lèvres contre les siennes.

– Arrête, Jokouani! lui ordonne Tila en tournant la tête pour éviter sa bouche. Ne me force pas à…

Elle n'a pas le temps de finir sa phrase et il lui faut quelques secondes pour comprendre ce qui se passe lorsqu'elle voit Jokouani reculer en titubant. Quelqu'un vient de le tirer violemment vers l'arrière et lui assène un coup de poing en plein visage. Avec un grand étonnement – et une certaine satisfaction –, Tila constate que c'est Gabriel.

– Tu ne vois pas qu'elle ne veut pas ? crie ce dernier à Jokouani, les yeux flamboyants de rage, les poings prêts à prendre de nouveau sa tête pour cible.

Le Kalinago vacille une dernière fois, mouvement qui montre la puissance du coup qu'il vient de recevoir. Il est si humilié de s'être fait frapper, surtout devant la fille qu'il aime – et en plus par un étranger ! –, que son visage, d'habitude beau, est déformé par la fureur. Une fois qu'il a retrouvé son équilibre, il se campe sur ses deux pieds, face à Gabriel, et fléchit les jambes dans le but bien évident de se jeter sur lui.

Anticipant l'attaque, le Français est cependant plus rapide. Tête en avant, il fonce comme un boulet dans la poitrine de son adversaire qui, sous le choc, se plie en deux en grimaçant de douleur. Cette fois, Gabriel n'a pas le temps de voir le coup venir, car, avec une rapidité fulgurante, Jokouani rebondit comme un ressort en faisant volte-face et lui envoie un direct qui le fait chanceler.

– Arrêtez ! crie Tila, qui déteste la bagarre en général, et en particulier celle-là qui oppose deux garçons qu'elle aime, même si c'est de façon bien différente.

Fou furieux, les yeux injectés de sang, Jokouani ne l'écoute pas. Il fait déferler une pluie de coups sur la tête de son rival qui essaie tant bien que mal de les esquiver, mais sans grand succès, tant ils sont rapides. Gabriel ne voit pas d'autre solution, pour échapper à cette machine à frapper, que celle de se jeter par terre, ce qu'il fait d'un mouvement aussi souple que prompt. Filant comme une anguille, il roule sur le sol et coince entre ses jambes les chevilles du Kalinago qui vacille avant de tomber lourdement sur l'herbe.

Connaissant maintenant la vivacité de son adversaire, Gabriel n'attend pas un quart de seconde. Il se jette sur lui, le plaque par terre et lui bloque le cou avec l'avant-bras. Jokouani se débat en vain. Il ne peut pas bouger. Il commence à manquer d'air ; son visage devient rouge. Le matelot s'en rend compte, mais il n'y voit plus clair ; il n'a qu'une envie : serrer davantage…

– Je t'en prie, Gabriel, lâche-le !

La voix de Tila le ramène brutalement à la réalité. Il secoue la tête comme s'il revenait de loin, regarde Jokouani en haussant les sourcils comme si c'était la première fois qu'il le voyait, puis se redresse sans le quitter des yeux, le libérant peu à peu. Le Kalinago se lève en le fixant aussi, mais d'un regard plein de haine, les mâchoires crispées par la colère. Cependant, se reconnaissant vaincu, il baisse la tête et s'éloigne en crachant par terre. Avant de disparaître derrière un bosquet d'arbres, il se retourne.

– Toi, lance-t-il sur un ton hargneux en pointant Gabriel du doigt, je te jure que tu me le paieras ! Et toi, ajoute-t-il à l'intention de Tila, je comprends maintenant pourquoi tu ne me veux pas. Mais ça ne se passera pas comme ça ! Tu es à MOI !

Un rire retentit derrière Tila qui sait tout de suite de quelle bouche il est sorti : celle de Mouche.

– Ben, dis donc ! s'exclame cette dernière, il fait tout pour se faire aimer, celui-là !

D'autres rires éclatent qui incitent Tila à tourner la tête. Elle constate alors que plusieurs personnes, attirées par les cris, se sont rassemblées pour regarder la bagarre. Outre Mouche et une vieille dame du village, il y a Émile Berland qui regarde Gabriel avec fierté, Cimanari qui le regarde avec colère et Papa Pi qui le regarde d'un air neutre.

Intimidé par ces yeux qui le fixent, le matelot baisse la tête à son tour, puis il tourne les talons sans même jeter un coup d'œil à Tila. Celle-ci le regarde s'éloigner avec dépit. Elle ne comprend rien à son attitude. Depuis qu'elle est sortie de cette espèce de coma dans lequel elle était tombée après son expédition au fond de la mer avec **le dauphin rose et la sirène aux cheveux d'or**, Gabriel l'ignore totalement. Pas une seule fois il n'est venu lui parler. Il lui a même semblé qu'il évitait son regard. On dirait qu'il ne voit qu'Émile Berland.

Tila se demande pourquoi il s'est porté à sa défense. Par solidarité ou par jalousie ? Même si, quand elle l'a vu frapper Jokouani, c'est la deuxième option qui s'est tout de suite imposée à son esprit, le comportement qu'il a maintenant la plonge dans le doute.

« Que je suis bête ! se dit-elle, le cœur gros. Il m'a défendue comme il aurait défendu n'importe quel autre de ses compagnons à qui quelqu'un aurait manqué de respect. »

La jeune fille est la troisième à baisser la tête. Elle se sent humiliée tout à coup. Mais une petite voix, dans sa tête, ne tarde pas à lui souffler qu'elle seule s'est infligé cette humiliation. Gabriel a voulu l'aider, c'est tout. Ce n'est pas sa faute à lui si elle a voulu donner à son geste une autre signification. Après tout, il ne lui a jamais dit qu'il l'aimait… C'est elle qui s'est mis toutes ces bêtises dans la tête…

---

Voir tome 5, *Le secret de Marie.*

Impitoyablement réalistes, ces pensées lui crèvent le cœur, et elle fait de gros efforts pour retenir les larmes qui lui montent aux yeux. Mais ces efforts ne suffisent pas. Le flot de ses larmes gonfle comme une rivière en crue, et Tila baisse encore plus la tête pour que personne ne le voie couler sur ses joues.

Par pudeur, Mouche et la vieille dame s'éloignent après avoir échangé un regard de connivence. Émile Berland et Cimanari sont déjà partis, le premier pour suivre Gabriel, le second pour suivre Jokouani. Il ne reste que Papa Pi à qui la détresse de Tila n'a pas échappé. Il s'approche d'elle et la prend délicatement par le bras.

– Viens, ma petite fille, lui souffle-t-il d'une voix douce, rentrons chez nous.

Tila appuie sa tête sur l'épaule de cet homme qu'elle a toujours considéré comme son grand-père et le laisse la guider sur le chemin de terre qui mène à leurs cases. Le vieux guerrier se sent soudain bien démuni. Il ne sait pas quoi dire. Y a-t-il des mots capables d'apaiser un jeune cœur qui vit son premier chagrin d'amour ? Non, répond-il en lui-même alors que se présente à son esprit une image douloureusement précise : un dos sur lequel dansent de longs cheveux noirs d'ébène, le dos d'une femme qui s'en est allée et qui n'est jamais revenue.

Alors, au lieu de chercher encore des paroles réconfortantes, Papa Pi s'arrête au milieu du chemin, ouvre ses bras pour serrer sa petite-fille contre lui, et lui dit simplement :

– Pleure, mon enfant, pleure.

Tila laisse déborder le trop-plein, et cela est d'autant plus facile qu'elle est profondément émue par la compassion du vieil homme.

Toutefois, elle n'est pas fille à s'apitoyer longtemps sur elle-même. Alors qu'elle renifle sur la poitrine de son grand-père, une idée se pointe dans sa tête et même si elle la trouve de prime abord saugrenue, elle la laisse faire son chemin. Kalidou ne lui a-t-il pas dit de toujours écouter la voix qui parle en elle ?

Elle voit, dans sa tête, les deux chaloupes du *Joyeux César*, et songe qu'elles sont trop grosses, trop difficiles à manier. Ces pirates n'ont-ils donc jamais pensé à utiliser un autre genre d'embarcation ? Un bateau plus léger, plus facile à descendre du navire et à remonter sur le pont, plus silencieux aussi, plus rapide.

Alors, Tila pose à son grand-père une question qui lui vaut d'abord un regard perplexe, puis un éclat de rire :

– Dis donc, Papa Pi, est-ce que tu aurais, par hasard, une pirogue à me donner ?

## 5

Accroupi sur une natte, devant la case familiale, Akil fabrique une flèche sous le regard attentif de Yayae. S'ils avaient des chaussures, on pourrait dire qu'ils ne se quittent pas d'une semelle. Depuis que le *Joyeux César* est revenu à Cachacrou, nul n'a vu Akil sans Yayae, ni Yayae sans Akil.

– Yayae! appelle Tila. Viens me voir, s'il te plaît.

Quelques secondes plus tard, elle s'assoit avec la fillette sur le banc qui se trouve en dessous du gros manguier, tout près de la case de Kalidou.

– Tu sais que je dois partir? lui demande-t-elle sans préambule.

– Pourquoi tu dis «je»? fait la petite Kalinago en fronçant les sourcils. Tu vas conduire le bateau toute seule?

– Non, bien sûr! répond Tila, amusée. Je vais partir avec l'équipage du *Joyeux César*. Attends, laisse-moi récapituler… Gabriel, Émile Berland, Antonin Armagnac, Henri Parzet, Ventenpoupe, Marie, Oliver, Jack, bien sûr

Mouche et Catherine si elles veulent venir… et puis les pirates qui vont décider de me suivre… s'il y en a…

– Tu n'as oublié personne ?

– Kalidou ne peut pas partir maintenant. Et puis, oui, évidemment, il y a aussi Clément, mais comme il est malade et que je ne le vois jamais, j'ai tendance à l'oublier.

– C'est pas très gentil, déclare Yayae avec une moue comique.

– C'est vrai, admet Tila en haussant les épaules.

– Tu n'as oublié personne d'autre ?

Tila sourit intérieurement. Elle la voit venir, mais elle joue le jeu.

– Non… Je suis certaine d'avoir nommé tous les membres de l'équipage… Maintenant, on a vite fait le tour.

– Et moi ?

– Mais tu es trop jeune pour faire partie d'un équipage !

– D'abord, il n'y a pas d'âge pour faire ce qu'on a à faire ! réplique Yayae sur un ton d'une étonnante fermeté, tout en regardant droit dans les yeux celle à qui elle a décerné le titre de « grande sœur ». Et puis, nous les femmes, on doit rester ensemble pour être plus fortes !

Bouche bée, Tila ne trouve rien d'autre à faire que hocher la tête.

– C'est la solidarité féminine, ajoute la petite fille sans se démonter, tu comprends ?

– Euh… oui, je comprends… mais tu as huit ans, Yayae…

– Et alors ? Tu n'es pas beaucoup plus vieille, je te ferai remarquer.

– Ben… quand même…, bafouille Tila.

– Tu te crois plus maligne parce que tu as à peine quatre ou cinq ans de plus que moi ? lui lance Yayae avec un air de défi.

Tila rit.

– Non, ce n'est pas ça… C'est juste que je croyais que tu préférerais rester ici avec Aïsha et Akil.

– Ta mère est tellement douce et gentille ! Je l'adore ! Ton frère, lui, il me fait trop rire ! Il a toujours une bêtise à dire. Rien que l'air qu'il prend, je ris déjà ! Et puis, il me montre plein de choses ! Tu sais, avec maman, j'ai toujours vécu à l'écart des autres. Ici, c'est pas pareil. Personne ne me traite de fille de sorcière. J'aime ce village.

Tila ouvre la bouche pour parler, mais Yayae ne lui en laisse pas le temps :

– Je sais ce que tu vas dire : qu'alors, je devrais rester ici… Mais je t'aime encore plus que tout ça, Tila ! Si tu n'avais pas été là, je serais encore sur ce bateau avec ce méchant capitaine. Tu m'as sauvée. Tu es ma grande sœur. Je veux toujours rester avec toi.

La petite fille s'approche de Tila, qui est tout émue par cette déclaration, et ajoute avec un sourire espiègle :

– Et puis, si tu crois que je vais rester tranquillement ici pendant que tu vas vivre toutes ces aventures, eh bien, tu te trompes !

– Aventures ?! fait Tila en prenant un air innocent. Quelles aventures ?

– Un bateau qui s'arrête comme ça en pleine mer, ça fait pas partie des choses qui arrivent tous les jours. Et rester si longtemps sous l'eau avec un dauphin rose, c'est pas tout le monde qui est capable de faire ça ! C'est même pas les seules choses bizarres que j'ai vues depuis que je suis avec toi ! Alors, on peut imaginer la suite. Avoue que c'est drôlement plus excitant que rester à Cachacrou !

– Mouais, répond Tila en riant, vu sous cet angle… ça se défend…

Les deux filles continuent à discuter à l'ombre du gros manguier. En fait, Tila prend bien soin d'alimenter la conversation, trop contente de la diversion, car, du coin de l'œil, elle observe Gabriel qui vient parler avec sa mère devant la porte de la case. Il lui montre le pantalon noir qu'elle lui a donné la première fois qu'il est venu à Cachacrou et qu'il a déchiré durant la bagarre avec Jokouani. Aïsha se baisse un peu pour regarder le trou, secoue la tête en faisant la moue, lui dit quelque chose que Tila n'entend pas, puis entre dans la case. Gabriel l'attend en fixant le sol devant lui, visiblement mal à l'aise, toujours sans regarder Tila qu'il ne peut pas, pourtant, ne pas avoir vue.

La jeune fille fait de gros efforts pour ne pas montrer son désarroi. Elle a la gorge nouée, mais continue de parler avec Yayae comme si de rien n'était. C'est cependant peine perdue, car Yayae, qui n'a ni les yeux ni le cerveau dans sa poche, lui demande tout bas :

– Tu l'aimes ?

La réponse l'étonne elle-même, même si elle la connaissait déjà :

– Oui.

Boum !

Ils sont tous là, sur la plage de Cachacrou, ceux qui veulent partir avec Tila sur le *Joyeux César*, la plupart en toute conscience… les autres pour des raisons plus ou moins floues. Ces «autres», ce sont les cinq pirates qui ont décidé de rester sur le navire, malgré la présence de toutes ces «femelles», comme certains disent à voix basse.

Tila est surprise de voir parmi eux le gros barbu qu'elle a interrogé ce matin dans le carbet et qui, lorsqu'elle le lui demande, dit s'appeler Marcel. Le jeune homme qui se trouvait à côté de lui est là aussi. Lui, il se nomme Aurélien, un prénom dont la douceur contraste étrangement avec la dureté de son visage, par ailleurs très beau.

Marie fait le tour de la pirogue que Papa Pi a donnée à Tila en l'observant d'un œil connaisseur.

– Ça, c'est une sacrée bonne idée ! s'exclame-t-elle en regardant Tila, le pouce levé. Il nous en faudrait deux ou trois autres comme ça. Ce serait rudement plus efficace, pour monter à l'abordage, que nos lourdes chaloupes !

Tila sourit en l'observant. Marie porte le chapeau que Joseph Lataste lui a donné, mais il ne cache plus ses longs cheveux comme avant ; il est posé dessus, et ses boucles brunes tombent sur ses épaules. Elle a toujours ses vêtements d'homme aussi. Cependant, là encore, il y a une différence : elle ne sangle plus ses seins avec une bande comme elle le faisait pour les dissimuler. Ils tressaillent à chacun de ses mouvements, comme s'ils étaient heureux d'avoir retrouvé leur liberté. Marie est diablement belle. Les yeux pétillants des hommes qui la regardent en témoignent.

– Tu crois que nous allons faire beaucoup d'abordages ? lui demande Tila avec un sourire en coin.

– Pourquoi pas? lui répond la jeune femme d'un air frondeur, fixant sur elle ses grands yeux verts. Regarde tout ce que nous avons trouvé sur ce bateau anglais! ajoute-t-elle en montrant Yayae, Oliver et Jack. Ah! ah! et c'est sans parler de ces coffrets qui ont un son si agréable quand on les secoue! Ça ne te donne pas envie de continuer, toi? Tu n'aimerais pas remettre à leur place d'autres salopards comme le capitaine du *White Spirit*?

– Hum! j'avoue que c'est tentant! fait Tila en riant de bon cœur.

– Des arcs, aussi! intervient Catherine qui, se tenant tout près de là, a entendu leur conversation. Il nous faudrait des arcs!

– Des arcs? demandent en chœur Marie et Tila.

– Oui, continue Catherine avec enthousiasme, comme ça, on pourrait blesser sans tuer. Une flèche bien placée, ça peut immobiliser un homme. Pas besoin de le tuer. Et puis, je ne sais pas… une flèche, c'est plus propre, ça fait moins de sang… C'est plus esthétique, disons… Vous comprenez?

Marie tape joyeusement dans ses mains.

– Oui, c'est vrai! s'écrie-t-elle. Une flèche, c'est plus silencieux aussi. C'est beaucoup mieux pour les attaques-surprises.

«Cette Marie, c'est une pirate dans l'âme!» songe Tila avec amusement.

– Très bien ! tranche-t-elle. D'accord pour les pirogues et d'accord pour les arcs. Pour l'instant, nous n'avons que cette pirogue que mon grand-père m'a donnée. C'était la sienne. Quand je lui ai demandé s'il pouvait me donner une pirogue, il m'a dit qu'il avait déjà l'intention de m'offrir celle-là. Dans chaque village kalinago, les hommes fabriquent les bateaux dont ils ont besoin pour eux-mêmes et pour la communauté. Il est donc rare qu'ils en aient de trop. Mais quand même ça arrive. Et puis, grâce à nos coffrets au son si agréable, ajoute-t-elle en faisant un clin d'œil à Marie, nous avons les moyens d'acheter tout ce qu'il nous faut. Mais nous n'avons pas le temps de trouver d'autres pirogues maintenant. Nous en achèterons dans des villages kalinagos sur notre route.

– Mais les arcs, insiste Catherine, nous pourrions les prendre tout de suite, ou au moins le matériel dont nous avons besoin pour les fabriquer…

– Pour la tige de l'arc, il faut du bois de campêche, explique Tila. On fait la corde avec une plante qui s'appelle la « pite » et qu'on trouve près des étendues d'eau douce. La flèche est fabriquée avec un roseau, et la pointe, avec une dent de poisson de mer. Ce ne sont pas des choses qu'on peut trouver en claquant des doigts…

– Tu paries que si tu me donnes une dizaine de pièces d'or, je te trouve une dizaine d'arcs dans le temps de le dire? demande Marie avec un sourire malicieux. Et je te garantis que cette dizaine d'arcs nous rapporteront des centaines de pièces d'or!

« En plus, elle a le sens du commerce! » se dit Tila, impressionnée.

– Pari tenu, Marie!

Tila ouvre le petit sac qui pend à sa ceinture et en sort quinze pièces d'or bien brillantes.

– De toute façon, nous ne pouvons pas partir immédiatement parce que tout le monde n'est pas encore là, ajoute-t-elle en regardant autour d'elle.

– C'est vrai, approuve Catherine. Où est Mouche?

– Aucune idée, répond Tila, tout en étant sûre que son amie est en ce moment dans les bras de Kalidou.

– Je ne vois pas non plus Émile Berland et Gabriel, dit Marie en mettant dans la poche de son pantalon les pièces que vient de lui donner Tila.

– Tu n'as pas remarqué qu'il n'y a plus qu'une chaloupe sur la plage? lance Catherine. Tout à l'heure, Gabriel et Émile Berland l'ont prise pour aller sur le *Joyeux César*.

Embarrassée, elle baisse le ton pour ajouter:

– Quand j'ai demandé à Gabriel où ils allaient, il m'a dit qu'ils devaient aller chercher les femmes qui étaient sur le bateau…

– Des femmes ?! s'étrangle Tila. Il y a des femmes sur le bateau ?!

– Oui, madame ! fait Catherine en hochant la tête avec un petit air pincé.

« Maintenant, je comprends tout ! pense Tila, le cœur serré. C'est pour ça que Gabriel n'ose pas me regarder… »

Marie, qui ne sait rien des sentiments de Tila pour son collègue matelot, enfonce le clou en déclarant théâtralement :

– Il faut bien, pour que le monde continue à tourner rond, que l'homme plante sa graine…

Le silence qui suit et le regard sévère que lui jette Catherine lui font vite comprendre qu'elle aurait mieux fait de fermer sa bouche…

– Hum…, dit-elle en regardant ses pieds, eh bien, je vous laisse, hein, les filles ? Il faut que j'aille chercher les arcs, et on n'a quand même pas de temps à perdre…

Sur ces mots, Marie tourne les talons et se dirige d'un pas nonchalant vers le village. En passant à côté d'Oliver et de Jack, elle leur tape gentiment sur la tête. Ils la couvent tous les deux d'un regard qu'on peut sans hésitation qualifier de brûlant et qui laisse présager quelques petits problèmes entre ces deux jeunes hommes qui sont pourtant amis depuis leur plus tendre enfance…

6

– Pourquoi tu fais cette tête?

Mouche vient de se planter devant Tila qui, après le départ de Marie, est allée s'asseoir sur un rocher, au bout de la plage, abandonnant la pauvre Catherine qui n'en finit plus de se demander si elle n'a pas trop parlé.

– Pousse-toi! grogne Tila sans même lever les yeux. Tu me caches la vue!

– Qu'est-ce qu'il y a donc de si intéressant à voir? demande Mouche en se tournant vers la mer, et par conséquent vers le *Joyeux César* qui danse sur les flots turquoise de la baie.

C'est que, juste avant que son amie n'arrive, Tila venait de voir six silhouettes apparaître sur le pont du trois-mâts…

– Ah oui! intéressant, en effet! s'exclame Mouche.

Comme les personnes dont on voit la silhouette sont à contrejour, on ne peut distinguer leur visage. Quatre d'entre elles, à en juger par leurs rondeurs, sont des femmes. Les deux autres sont facilement reconnaissables: il s'agit d'Émile Berland et de Gabriel. Mouche comprend maintenant ce qui se passe dans la tête de Tila et pourquoi elle est de si mauvaise humeur…

Au même instant, Tila, de son côté, songe qu'elle n'est pas très gentille avec Mouche qui doit être triste de partir alors que Kalidou a décidé de rester ici. Aussi, elle lève la tête pour lui offrir un regard compatissant. Mais ce qu'elle voit alors lui fait réaliser qu'elle est bien naïve… car, comme toujours, Mouche a un visage rayonnant de joie.

« Il n'y a donc jamais rien qui l'atteint, cette fille, rien qui lui fait de la peine ?! » se dit-elle.

Les lèvres de Mouche s'étirent en un tout petit sourire, comme si elle avait entendu.

– Quand on n'a pas d'espoirs, pas d'attentes, on peut vivre totalement au présent.

– Qu'est-ce que tu as dit ? demande Tila, les sourcils en forme d'accent circonflexe.

Elle a bien entendu chacun des mots, mais elle n'est pas sûre que c'est bien Mouche qui les a prononcés. C'était comme un murmure qui se mêlait au bruit d'une petite vague se cassant sur le rivage.

– J'ai dit que la mer est belle, répond Mouche avec un sourire qui partage en deux son étrange visage.

Tila n'insiste pas. Elle est trop occupée à regarder ce qui se passe aux alentours du *Joyeux César*:

les six silhouettes viennent d'embarquer dans la chaloupe et deux d'entre elles – Gabriel et Émile Berland – se mettent à ramer en direction de la plage. À mesure que l'embarcation avance, la jeune fille commence à discerner les visages des quatre femmes.

Avec un grand étonnement, elle reconnaît Madeleine, l'ancienne gouvernante de la plantation où sa mère était esclave quand elle était enfant, en Martinique. Les trois autres femmes, elle les connaît aussi, évidemment, car elles sont du village. Il y a une jeune fille un peu plus vieille qu'elle – dans les seize ans – et deux femmes d'âge mûr.

« Tiens, se dit Tila, comme par hasard ! Une qui a l'âge de Gabriel et les autres qui ont à peu près l'âge d'Émile Berland, d'Antonin Armagnac et d'Henri Parzet… C'est peut-être pour ça que ces deux-là ne descendent jamais à Cachacrou. Peut-être que ces deux femmes vont toujours les voir. Alors, ça voudrait dire que Madeleine était là pour Émile Berland. Quand même, il me semble que ce n'est pas son genre… Ils se connaissent à peine… »

Même si, en voyant Tila se faire son cinéma, Mouche crève d'envie de se moquer d'elle, elle se retient, pour une fois. Elle fréquente le genre humain depuis assez longtemps pour savoir qu'un cœur jaloux peut tirer des conclusions qui ne correspondent pas forcément à la réalité.

Lorsque, un instant plus tard, la chaloupe arrive sur le rivage, Tila a les yeux tout ronds, la bouche sèche. Dans sa tête, le cinéma continue.

« Regarde-moi ça ! Émile Berland tend la main à Madeleine qui s'y accroche en lui faisant un grand sourire. Mais il la prend par la taille ! Et elle le laisse faire ! »

Cependant, Tila détache vite ses yeux de Madeleine et d'Émile Berland… parce que c'est maintenant Gabriel qui aide la jeune Kalinago à descendre de la chaloupe. Du moins, il *veut* l'aider, car la fille lui lance un regard méprisant, se demandant de toute évidence s'il la prend pour une empotée, et sort de l'embarcation d'un bond aussi agile que gracieux. Comme si un Kalinago, homme ou femme, jeune ou vieux, avait besoin qu'on l'aide à descendre d'un bateau, non mais ! Les deux autres femmes le confirment en sautant à leur tour sur le sable.

Tila ne peut s'empêcher de sourire.

Toutefois, le film n'est pas fini…

« Ça ne veut rien dire… Ce n'est pas parce qu'elle n'a pas voulu prendre sa main pour descendre qu'il n'y a rien entre eux… En général, les Kalinagos ne sont pas très démonstratifs… »

Par contre, de l'autre côté de la chaloupe, le rapprochement se confirme. Madeleine attire

Émile Berland vers elle et lui colle un gros baiser sur la joue. Le nouveau capitaine temporaire rosit derrière sa grosse barbe blanche. Ses yeux brillent de bonheur.

« Mouais…, songe Tila, c'est quand même plutôt chaste… Mais bon, ça non plus, ça ne veut rien dire : il y a du monde sur la plage. »

Après un dernier sourire à Émile Berland, Madeleine salue Catherine de la main, fait un clin d'œil à Mouche et envoie, du bout des doigts, un baiser à Tila. Ensuite, elle rattrape les trois autres femmes, qui se sont déjà éloignées de la chaloupe, et, toutes ensemble, elles se dirigent vers le village.

Émile Berland balaie la plage du regard pour voir si tout le monde est là, puis il s'approche de Tila et lui demande :

– Tu es prête à partir ?

Tila brûle d'envie de l'interroger, mais cet homme impose trop le respect pour qu'elle puisse se permettre la moindre petite question. Il la remettrait vite à sa place. Ici, un enfant – et Tila est encore considérée comme telle – ne peut se mêler impudemment de la vie d'un adulte.

– Oui, répond-elle sur un ton un peu sec.

Elle tourne la tête et voit justement Marie qui arrive en chantant. Un garçon du village la suit pour l'aider à porter ses arcs et ses flèches.

– Tu vois que je les ai trouvés ! lui lance la jeune femme, toute fière.

Émile Berland siffle d'admiration alors que son regard va de la pirogue aux arcs.

– Il y a sur ce bateau des changements que j'apprécie beaucoup ! s'exclame-t-il joyeusement. Bravo, les filles !

Regardant Tila droit dans les yeux, il ajoute :

– Et, en parlant de changement, tu vas voir, ce n'est pas tout ! On a une surprise pour toi…

« Quelle surprise ? Il va m'annoncer son mariage ou celui de Gabriel ? » se dit Tila qui se contente de hocher la tête avec un petit sourire crispé, bougonne dans l'âme.

– Est-ce que ça va, fillette ? s'inquiète Émile Berland. Tu n'as pas l'air en forme…

À ce moment précis, Tila se sent plutôt confuse. Est-elle en train de rêver ou Gabriel, là-bas, la fixe-t-il vraiment en souriant ? Se moque-t-il d'elle ? Mais non, pourtant, il a son gentil sourire, celui qu'elle aime tant, celui qui soulève infailliblement une vague de chaleur dans son estomac.

En jetant un coup d'œil autour d'elle, Tila se rend compte que Gabriel n'est pas le seul à la regarder, en fait : Mouche et Émile Berland à côté d'elle ; Yayae, assise sur des rochers plus loin avec Akil qui a tenu à rester avec elle jusqu'au moment du départ ; Ventenpoupe et les cinq hommes qui ont décidé de continuer leur route sur le *Joyeux César* ; Catherine qui est encore près de la pirogue ; Marie, Oliver et Jack.

On dirait que tous attendent son signal pour embarquer dans les chaloupes.

Aïsha est debout, là-bas, à l'orée de la forêt, avec Kicha dans ses bras. Après avoir chaleureusement embrassé sa fille aînée, elle a préféré demeurer à l'écart. Elle la regarde, elle aussi, mais d'un air sévère. Lorsque leurs yeux se rencontrent, elle fait comprendre à Tila, d'un geste de la main, qu'elle doit se secouer et foncer.

Alors, se ressaisissant, la jeune fille déclare d'une voix claire et ferme :

– Non, ça va, Émile. Si tout le monde est prêt, nous pouvons partir.

Antonin Armagnac et Henri Parzet, heureux de retrouver Tila, l'accueillent sur le pont du navire et la serrent tour à tour sur leur cœur.

– J'ai quelque chose à vous dire, leur déclare-t-elle timidement après leur avoir présenté Yayae qu'ils ne connaissaient pas encore. J'ai menti, je ne suis pas…

Les deux amis éclatent de rire.

– Tu n'es pas Tila ? demande Antonin Armagnac, toujours aussi élégant dans la belle redingote noire dont il ne se sépare jamais, malgré la chaleur qui règne en ces contrées caraïbéennes.

L'adolescente rit aussi.

– Si, bien sûr que je suis Tila !

– Eh bien, mon p'tit lapin, intervient Henri Parzet, pour nous, c'est tout ce qui compte ! On voulait voir Tila et on a vu Tila ! Et elle est même encore mieux que tout ce qu'on aurait pu imaginer de bien !

– Mais...

Tila ne peut continuer sa phrase. Émile Berland vient de la prendre par le bras et la tire vers lui.

– Vous discuterez plus tard, dit-il à Henri Parzet et à Antonin Armagnac en leur faisant un clin d'œil complice. N'oubliez pas que nous avons quelque chose à lui montrer...

Alors qu'elle observe ces trois hommes qui ont à peu près le même âge, Tila réalise que c'est la première fois qu'elle les voit ensemble. Visiblement, ils s'entendent plutôt bien, comme en témoignent les regards amicaux qu'ils échangent. Cela la rassure, car, n'ayant pu consulter les deux anciens amis de Joseph Lataste pour choisir le nouveau capitaine temporaire, elle a eu peur de leur imposer un homme qu'ils n'aimeraient pas. À première vue, ce n'est pas le cas. Ils semblent tous se respecter mutuellement.

– Oui, oui, allons-y ! s'exclame Henri Parzet en tapant dans ses mains, excité comme un enfant devant la vitrine d'un magasin de jouets. Il me tarde de voir la tête que Tila va faire !

En fait, elle fait déjà une drôle de tête, Tila, se demandant de quoi ils peuvent bien parler. Elle jette un coup d'œil autour d'elle. Plusieurs membres de l'équipage hissent les deux chaloupes et la pirogue à bord du trois-mâts. Gabriel n'est pas parmi eux. Tila ne l'a pas revu depuis qu'elle est arrivée sur le pont du *Joyeux César*.

– Mouche, Catherine et Yayae ! appelle Antonin Armagnac. Venez avec nous.

Les trois filles se regardent, étonnées, avant d'acquiescer. Mais, dans l'esprit de Tila, quelqu'un manque à l'appel. Il est vrai qu'elle n'a pas encore eu le temps de parler de Marie à Henri Parzet et à Antonin Armagnac. Dès qu'elle commence à le faire, ce dernier la rassure.

– Émile et Mouche nous ont dit tout ce qui s'est passé sur le bateau pendant que nous étions sous l'effet du somnifère, lui explique-t-il tout bas. Pour ce qui est de Marie, nous avons toujours su que c'était une femme. Lataste nous avait tout raconté.

Tila hoche la tête plusieurs fois sans rien dire.

« Qu'est-ce que ces deux-là savent exactement à propos de ce bateau ? se demande-t-elle. Bien plus qu'ils ne veulent le laisser croire… ça, c'est certain ! »

Toutefois, dans ce que vient de dire Antonin Armagnac, quelque chose en particulier a attiré son attention. Comme Henri Parzet, quand il parle de Joseph Lataste, il dit toujours simplement « Lataste », et elle les a déjà entendus s'appeler réciproquement Parzet et Armagnac. Elle a donc pensé que nommer les hommes de leur entourage uniquement par leur nom de famille était pour eux une habitude. Pourtant, là, Antonin Armagnac a dit non pas « Berland », mais « Émile ».

« C'est étrange, songe Tila, mais qu'est-ce que ça signifie ? »

Elle n'a pas le temps d'approfondir cette question qui, de toute façon, dans l'état actuel de ses connaissances, n'a pas de réponse.

– Marie ! crie Antonin Armagnac.

– Oui, monsieur, répond la jeune femme en s'approchant de lui, un peu intimidée d'entendre cet homme l'appeler pour la première fois par son vrai nom.

– Viens avec nous ! ajoute-t-il en lui faisant un grand sourire pour la mettre à l'aise. Je suis sincèrement désolé de t'avoir oubliée dans la précipitation… car tu es sans aucun doute la personne qui va le plus apprécier ce que tu vas voir… Tu vas même adorer!

Encore une fois, les filles échangent des regards interrogatifs.

– Comme c'est moi qui ai travaillé le plus, c'est moi qui passe le premier, ajoute fièrement Antonin Armagnac en regardant les deux autres hommes qui font une grimace pour signifier qu'ils ne sont pas vraiment d'accord. Allez, mes petites chéries, suivez-moi!

Sur ces mots, il s'engage dans l'escalier qui mène à l'intérieur du *Joyeux César*. Comme ses amies, Tila lui emboîte le pas sans comprendre. Cependant, alors qu'elle descend les marches, elle perçoit un changement: l'odeur. Ce n'est pas la même que celle qu'elle a sentie la dernière fois qu'elle est venue ici. Il y a dans celle-là quelque chose de frais, une note de fruit et de fleur.

À sa grande surprise, Tila voit Gabriel qui les attend en bas de l'escalier, vêtu du pantalon bleu qu'Aïsha lui a donné un peu plus tôt pour remplacer celui qu'il avait déchiré. Il la regarde encore avec ce sourire qui la chavire. Elle ne peut s'empêcher de lui sourire aussi, mais elle ne tarde pas à se le reprocher, car l'image de la jeune Kalinago qu'elle a vue dans la chaloupe un instant plus tôt s'impose aussitôt à son esprit. Instantanément, son visage s'assombrit de nouveau. Elle se durcit comme on le fait quand on ne veut plus souffrir, s'empressant de reporter son attention sur Antonin Armagnac.

Devant elle, celui-ci bloque l'entrée du carré en posant ses mains des deux côtés du chambranle de la porte. Puis, une fois qu'il est sûr que Tila et les autres sont bien derrière lui, il s'écarte d'un mouvement théâtral, les deux bras tendus vers l'intérieur de cette petite pièce où mangent, habituellement, les membres de l'équipage du *Joyeux César*. Avec sa redingote noire, Antonin Armagnac ressemble vraiment à un magicien quand il s'écrie :

– Abracadabra ! Et voici, et voilà !

Tila et ses amies ont les yeux tout ronds d'incrédulité quand elles voient cette pièce dont l'aspect a radicalement changé. Cet endroit qui était imprégné de crasse brille à présent de propreté. Il y a même sur la grande table un vase contenant de magnifiques fleurs aux couleurs éclatantes.

– Waouh ! que c'est beau ! s'exclame Tila. C'est vous qui avez fait ça ?

En disant ces mots, elle se rend compte de l'absurdité de sa question… et, par la même occasion, de son comportement. Si elle avait le moindre doute, le regard consterné de Mouche, de toute façon, le lui confirmerait.

« Mais non, bien sûr que c'est pas eux qui ont fait ça, espèce de tarée profonde ! »

C'est du moins ainsi que Tila interprète ce regard…

Piteuse jusqu'à la moelle, rose de honte, elle se retourne vers Gabriel qui la regarde avec un immense sourire, tout content de la surprise que ses compagnons et lui viennent de lui faire.

«Mais que je suis bête! se dit Tila. Madeleine et les trois autres femmes sont venues ici pour nettoyer… Rien d'autre! Qu'est-ce que je suis allée imaginer?! Je ne suis vraiment pas fière de moi!»

– *J'espère!*

Tila relève la tête vers Mouche qui la fixe d'un air réprobateur, mais en même temps avec un sourire en coin. Cependant, comme tout à l'heure sur la plage, elle a un doute; elle se demande si c'est bien Mouche qui a dit ces mots, car, de nouveau, on aurait dit un murmure mêlé aux applaudissements et aux exclamations de ses amies, aux rires des hommes.

Alors qu'elle se pose cette question, Tila entend une réponse qui la laisse pantoise, car, cette fois, elle l'a bien vu, les lèvres de Mouche n'ont pas bougé:

– *Tu commences à avoir le cerveau qui marche mieux que les oreilles, princesse…*

Il n'y a bien qu'une personne, pourtant, qui l'appelle «princesse»…

## 7

Comme l'avait prévu Antonin Armagnac, c'est effectivement Marie qui s'extasie le plus devant l'incroyable transformation qu'a subie la cale du *Joyeux César*. Plus rien n'est pareil dans cette grande pièce où, depuis plusieurs mois, elle dort – plutôt mal que bien – avec les autres membres de l'équipage.

Le sol a été balayé et nettoyé à grande eau. Les hamacs et les minces couvertures qui les recouvrent ont été soigneusement lavés. D'ailleurs, Marie ignorait que la toile des hamacs était blanche, l'ayant toujours vue noire de saleté, puante au point de donner des haut-le-cœur.

Ici aussi, maintenant, flotte une agréable odeur de fraîcheur et de propreté. Quel que soit l'endroit où on pose son regard, on ne voit plus une seule tache, un seul grain de poussière, une seule toile d'araignée, un seul résidu gluant dont on se demande avec dégoût la provenance. La lumière de l'après-midi entre à flots par les hublots, donnant à toute la pièce une belle couleur dorée.

Ravis des réactions des cinq filles qui n'en finissent plus de pousser des « oh ! » et des « ah ! », Gabriel, Émile Berland, Antonin Armagnac et Henri Parzet échangent des sourires complices, fiers comme des paons.

– Mais ça tient du prodige ! s'exclame Mouche. Comment avez-vous réussi à faire tout ça sans qu'on voie quoi que ce soit ?

– Qu'est-ce que tu veux, répond Henri Parzet en riant, on travaille, NOUS, pendant que certains se la coulent douce !

– Je te rappelle, mon cher Henri, que pendant que Gabriel, Antonin et toi dormiez comme d'innocents bienheureux, Tila, Marie et moi avons quand même maté une mutinerie…, rétorque Mouche en pliant les bras pour montrer ses biceps. Alors, ça valait bien un petit ménage, les garçons ! En plus, mon petit doigt me dit que les dames qui sont venues sur le *Joyeux César* vous ont donné un fameux coup de main…

Les quatre hommes se bidonnent.

– J'admets que ç'a été le seul point faible de notre plan…, déclare Émile Berland en prenant un air faussement désolé. Nous n'avons pas réussi à faire descendre Madeleine et les trois autres femmes du bateau avant que vous n'arriviez sur la plage…

– Mais il faut beaucoup d'eau pour nettoyer aussi bien un endroit qui était tellement sale…, dit Marie qui n'en revient toujours pas. Comment avez-vous fait ?

En tapotant de l'index son torse bombé, Henri Parzet lance fièrement :

– Ça, c'est moi ! J'ai inventé une machine qui enlève le sel de l'eau de mer… Oh ! je vous avoue que c'est très sommaire. On ne pourrait pas la boire. Mais pour cuisiner ou nettoyer, c'est tout à fait convenable. J'en ai toujours une bonne réserve. C'est grâce à ça que j'arrive à garder ma cuisine toujours propre.

– Et nous avons fait sécher les hamacs et les couvertures en les étendant du côté du bateau que vous ne pouviez pas voir de la rive, ajoute Antonin Armagnac. Avec le petit vent qui souffle depuis hier, ça n'a pas été très long.

Même si, comme ses amies, Tila s'émerveille de ce changement et du travail accompli – si vite et, en effet, si discrètement ! –, elle se sent étrangement déstabilisée. Elle réalise que la crasse qui recouvrait cette partie du bateau, qu'elle avait d'ailleurs surnommée « le Côté sombre », lui servait en quelque sorte de bouclier. C'était le prétexte qu'elle brandissait pour ne pas mettre son nez dans cette zone qui lui paraissait trop différente, donc trop effrayante.

À présent, Tila est capable d'y circuler à sa guise. Elle pourrait même rejoindre Catherine à l'endroit où elle s'est rendue après avoir jeté à ce nouveau décor un regard admiratif, comprenant à présent pourquoi Émile Berland l'a empêchée de se rendre sur le navire quand elle a voulu le faire, hier et ce matin. Cet endroit se trouve dans le recoin que forment les cloisons séparant la grande cale et les cabines d'Antonin Armagnac et d'Henri Parzet, cabines auxquelles on peut accéder uniquement en passant par en haut, par le petit salon attenant à la cabine de Tila.

C'est là, dans ce recoin, qu'est tendu le hamac où est couché Clément. Atteint d'une mystérieuse maladie, ce garçon est cloué à sa couchette depuis un bon mois. Le hamac de Gabriel se trouve juste à côté du sien. C'est lui, Gabriel, qui, le premier, a parlé de Clément à Tila. Elle se souvient de ses paroles : « Il est sourd et muet. En plus, il est sauvage comme un lapin. »

Depuis qu'elle a quitté la maison de ses parents, en Martinique, pour suivre Tila et Antonin Armagnac sur le *Joyeux César*, Catherine descend souvent dans la cale pour rendre visite à Clément. Elle s'assoit sur un coffre, tout près de lui, et elle lui tient la main. Ils peuvent rester comme ça de très longs moments, les yeux fermés, un petit sourire sur les lèvres. On dirait qu'ils communient.

« Nous nous donnons mutuellement de la force », a affirmé un jour Catherine à Tila.

Cette dernière sourit en pensant à Gabriel qui, lui, a une autre explication. De nouveau, ses mots lui remontent à la mémoire : « Catherine en pince pour Clément. Ça crève les yeux ! »

« Et Gabriel... pour qui il en pince ? » se demande Tila que cette expression amuse.

Elle tourne la tête vers lui et s'aperçoit qu'il la regarde encore. Elle lui adresse un sourire timide, comme si elle voulait se faire pardonner son attitude. Gabriel lui sourit aussi. Elle ne le sait pas, mais il se sent aussi soulagé qu'elle. En fait, s'il n'est pas allé lui parler, comme il avait tellement envie de le faire, depuis qu'elle a repris connaissance à Cachacrou, c'est parce qu'il avait trop peur de vendre la mèche. Il était si excité qu'il aurait pu facilement lui dire quelque chose qui lui aurait mis la puce à l'oreille. Alors, il a préféré l'éviter pour être sûr de garder le secret.

Dans sa candeur, cependant, Gabriel n'a pas compris pourquoi, les rares fois où leurs regards ont fini par se croiser, Tila a semblé si distante, si froide. Il en a éprouvé de la tristesse. Quand il a vu Jokouani essayer de l'embrasser, son sang n'a fait qu'un tour. Sans réfléchir, il s'est jeté sur lui. Mais, après, il s'en est voulu.

« De quoi est-ce que je me mêle ? s'est-il demandé, amer. Après tout, Tila ne m'a jamais dit qu'elle m'aimait... Je suis vraiment idiot ! C'est moi qui me suis mis ça dans la tête... »

Alors, comme il est heureux, en ce moment, de voir encore ce beau sourire sur les lèvres de Tila, cette tendresse dans ses yeux! Comme il aimerait pouvoir la prendre dans ses bras, sentir sa peau contre la sienne!

Tila pense la même chose tandis que son regard reste accroché au sien. Ouf! elle trouve qu'il fait bien chaud, tout à coup. Un frisson court sur sa peau. Il y a de la houle dans son ventre. Mais que se passe-t-il?! Est-elle vraiment troublée au point de sentir le plancher de la cale se dérober sous ses pieds? Non, pourtant, Gabriel a perçu le même mouvement, car ses yeux, soudain inquiets, se sont promptement baissés vers le sol.

Un regard circulaire permet à Tila de constater que les autres sentent la même chose qu'eux: le bateau est réellement en train de bouger, et même plutôt violemment…

– Mais qu'est-ce que c'est?! s'écrie Marie d'une voix angoissée en se retenant à un hamac.

– On dirait un ouragan! répond Henri Parzet.

– Remontons vite! ordonne Émile Berland.

– Je reste ici, déclare fermement Catherine. Je ne peux pas laisser Clément tout seul…

– Viens immédiatement, Catherine! lui lance Antonin Armagnac sur un ton qui n'admet aucune réplique. Je suis ton tuteur, tu dois m'obéir!

– Et personne n'a l'intention d'abandonner Clément, ajoute Henri Parzet. Je te garantis que s'il y a le moindre problème, nous reviendrons le chercher. Pour le moment, rien ne dit qu'il serait plus en sécurité en haut qu'ici.

Les mâchoires crispées, Catherine pousse un soupir qui fend le cœur de tous ceux qui l'entendent. Puis elle pose un baiser sur le front de Clément et s'éloigne de lui bien malgré elle. Toutefois, les mouvements de plus en plus frénétiques du bateau l'obligent à hâter le pas pour suivre les autres qui, plus ou moins pris de panique selon le degré de maîtrise de chacun, se précipitent vers l'escalier menant au pont.

Ce qu'ils voient en arrivant là les stupéfie. Le ciel, qui était d'un bleu lumineux un instant auparavant, est devenu gris anthracite. D'énormes nuages s'y bousculent, bouillonnants, prêts à crever. Un vent violent s'est levé, poussant le *Joyeux César* qui tire sur la chaîne de son ancre comme un cheval sauvage sur la corde qu'on a réussi à lui passer autour du cou. Des vagues explosent contre la coque, ballottant le bateau dans tous les sens. Sur le rivage, les arbres se courbent sous la force du vent.

Soudain, un éclair zèbre le ciel, aussitôt suivi par un coup de tonnerre qui donne la chair de poule aux gens qui se trouvent sur le pont du trois-mâts. Une boule de feu tombe sur un des palmiers qui bordent la plage. Le ciel se déchire. La pluie se met à tomber à torrents. Les membres de l'équipage s'abritent du mieux qu'ils peuvent. Mais cela ne sert pas à grand-chose, car ce sont bientôt des trombes d'eau qui s'abattent sur le bateau.

Tila, elle, ne cherche pas à se mettre à l'abri. Elle veut demeurer à la proue du navire, agrippée au bastingage pour ne pas tomber.

– Viens, Tila! hurlent ses amis.

– C'est trop dangereux de rester là, crie Antonin Armagnac. Même si tu te tiens bien, une vague peut te faire passer par-dessus bord.

Mais Tila sait qu'elle ne risque rien : les autres ne peuvent pas le voir de l'endroit où ils se trouvent, mais elle a noué autour de sa jambe le bout d'une drisse accrochée au mât de misaine. Elle observe la ligne de mouillage qui subit une extraordinaire tension. La chaîne d'ancre ne va pas tenir si le vent forcit encore. Comme ce dernier vient du nord-est, le *Joyeux César* ira alors se fracasser contre les rochers de la pointe de l'île.

Maintenant, les coups de tonnerre se succèdent à un rythme terrifiant. La mer est démontée, d'une couleur bleu foncé tirant par endroits sur le violet, éclairée à intervalles réguliers par les éclats de lumière qui strient le ciel. L'air est suffocant d'humidité.

Déjà trempée jusqu'aux os, de l'eau plein les yeux, Tila regarde ce paysage d'apocalypse. Elle se sent totalement impuissante face à cette nature en furie. Elle a peur. Même si les éclairs partent dans tous les sens, on dirait qu'ils se concentrent au-dessus du trois-mâts comme s'ils l'avaient pris pour cible. La foudre va finir par le toucher et il va s'embraser comme un tas de feuilles sèches.

Soudain, Tila sent une vague de fureur monter en elle, car elle comprend que cette tempête n'est pas naturelle. En effet, protégée par les montagnes, la baie de Cachacrou ne peut pas être balayée ainsi par un vent si fort venant de cette direction.

« Il est hors de question que le voyage s'arrête ici ! se dit-elle en imaginant son beau bateau cassé en mille morceaux. Je le dois à mon oncle, et quelque part aussi à mon père, et donc à ma mère. Je le dois à mes amis qui sont avec moi sur ce navire. Et puis, je le dois aux Chliko et à Maître Boa… parce que, oui, JE SUIS LA FILLE DES TROIS TERRES ! »

Tila a-t-elle vraiment dit ces mots à voix haute comme elle en a l'impression ? Elle regarde autour d'elle, mais ne voit rien. Hagarde, comme poignardée par cette évidence qui vient de lui rentrer dans la chair, elle pousse un cri si puissant que, pendant quelques secondes, on n'entend plus ni le tonnerre, ni le vent, ni les planches de la coque qui craquent comme si elles voulaient se disloquer, broyées par cette mer déchaînée.

Ce cri terrible, venu du fin fond de l'univers et des temps, résonne à des kilomètres à la ronde… et tous ceux qui l'entendent se figent, conscients qu'il est en train de se passer quelque chose de pas banal.

Le Divin Devin l'avait annoncé.

Les vieux l'attendaient.

Oui, c'est bien elle : la Fille des trois terres.

Un combat de titans vient de commencer.

Debout à l'avant du *Joyeux César*, ruisselante de pluie, Tila prend une grande respiration, écarte les bras, puis les tend vers le ciel. Ses lèvres tremblent ; son corps est en feu. Sa colère s'est cristallisée en énergie pure.

– LA FILLE DES TROIS TERRES ! ! ! répète-t-elle. JE SUIS LA FILLE DES TROIS TERRES ! ! !

Tila n'est même pas étonnée quand sa bague se met à chauffer et à briller, ni quand en sort un rayon de lumière orange qui, à la vitesse de l'éclair, va percuter un gros nuage, juste au-dessus d'elle.

Dans le ciel sombre, un cri retentit, de douleur et de rage, glaçant le sang de toutes les créatures humaines et animales des alentours capables de l'entendre. Le nuage s'embrase, grésille, se tord dans tous les sens. Puis il se recompose, prenant une forme d'abord intrigante, ensuite terrifiante à mesure qu'on comprend de quoi il s'agit. Peu à peu se dessinent des yeux d'une implacable méchanceté, un nez en bec d'aigle, une bouche déformée par la souffrance.

Si elle avait encore conscience de ce qui l'entoure et jetait un coup d'œil autour d'elle, Tila verrait l'expression épouvantée de ses compagnons.

Là-haut, le visage rugit en montrant des dents pareilles à des crocs, crie des mots que personne, Dieu merci, ne comprend, se tord encore de douleur, puis finit par s'effacer peu à peu en poussant des plaintes déchirantes.

Sous le regard éberlué des membres de l'équipage du *Joyeux César*, la pluie cesse aussitôt, le vent faiblit, les nuages s'évaporent, le soleil brille de nouveau. Il ne reste plus dans le ciel qu'un œil dont tombe, avant qu'il ne disparaisse, une larme de sang qui s'écrase sur le pont, juste devant Tila.

– TILA!!!

Ce cri, tous les amis de la jeune fille le poussent en même temps, de tout leur cœur, en se précipitant vers elle alors qu'elle s'écroule sur le pont.

– Dégagez! crie Mouche en donnant de rudes coups de coude et de pied à tous ceux qui ont le malheur de se trouver sur son chemin. Allez, ouste! Laissez-moi passer!

Les autres ne songent même pas à résister, l'œil encore hagard, tout déboussolés par ce qu'ils viennent de voir. Cependant, ils ne sont pas au bout de leurs surprises, puisque Mouche, sans la moindre délicatesse, prend Tila par les épaules et la pousse comme si c'était un vulgaire sac de patates.

– C'est bien ce que je pensais! grommelle-t-elle en observant la partie du pont que cachait le corps de Tila, là où est tombée la goutte de sang.

Une dizaine de regards suivent le sien; une dizaine de bouches s'ouvrent pour laisser passer des mots qui, grosso modo, veulent dire la même chose :

– Merde !

Pareille à de l'acide, la goutte de sang a fait, dans le bois du pont, un trou dont s'échappe un filet de fumée et qui s'agrandit à vue d'œil…

Mouche se redresse promptement et prend un canif dans un étui accroché à sa ceinture. Puis, s'accroupissant, elle entreprend de tailler le bois autour de la tache de sang. Lorsque la lame du couteau a fait un trou de la taille d'une grosse pièce, la jeune fille y colle un œil pour regarder ce qui se passe en dessous. Elle constate alors avec soulagement que le liquide n'a pas eu le temps de traverser le plancher du pont pour tomber sur celui du carré, juste en dessous. N'eût été sa présence d'esprit, il aurait atteint la coque ; le bateau serait déjà en train de se remplir d'eau…

En se relevant, Mouche dit simplement à ses compagnons qui fixent sur elle un regard à la fois inquiet et interrogateur :

– C'est bon.

Mais alors qu'ils s'apprêtent à se tourner vers Tila pour s'occuper d'elle, ils se figent de nouveau en voyant Mouche couper, à l'aide de son canif, un carré de tissu d'environ quinze centimètres de côté, en bas de son paréo. Une fois cela fait, elle pose le tissu bien à plat sur le pont et y dépose un à un tous les copeaux qu'elle vient de tailler, imprégnés de cet étrange liquide qui a attaqué le bois. Puis elle ramène ensemble les quatre coins du tissu et les noue soigneusement.

Voyant que tous les regards sont encore une fois rivés sur elle, Mouche étire les coins de ses lèvres pour prendre cet air de sainte nitouche qu'elle affectionne tant et déclare sur un ton badin :

– Je vais envoyer ça au labo pour les analyses ADN...

Elle rit intérieurement quand elle voit tous ces yeux s'arrondir, toutes ces épaules se hausser, tous ces dos se tourner si rapidement.

« Hum ! efficace ! se dit-elle en faisant un clin d'œil à Antonin Armagnac qui est le seul à lui faire encore face et qui, comme toujours, se bidonne. L'étrangeté est décidément une arme redoutable. »

Cela tombe bien, car cette fille est justement une virtuose de l'étrangeté. Elle la cultive comme d'autres cultivent des laitues.

Aussitôt que cette terrible tempête a cessé, pratiquement tous les habitants de Cachacrou ont couru sur la plage pour voir ce qu'il était advenu du *Joyeux César*. Aïsha, folle d'inquiétude, était en tête, bien sûr, car Kalidou et Cimanari avaient dû la retenir pour l'empêcher de sortir sous la pluie et les éclairs. Arrivée là, elle s'est jetée sur une pirogue qu'elle a tirée sur le sable jusqu'à l'eau, refusant l'aide de quiconque, a sauté dedans, puis a ramé comme une folle jusqu'au navire de sa fille.

La jeune femme est maintenant agenouillée à côté de Tila que ses compagnons ont couchée sur une couverture étendue à même le pont.

– Ne t'en fais pas, Aïsha, la rassure Émile Berland. Elle dort. C'est comme si ce terrible affrontement l'avait vidée de toute son énergie. Elle est tombée d'épuisement.

– Ce terrible affrontement…, répète Aïsha d'un air pensif.

– Oui, on aurait dit un combat…, continue le nouveau capitaine temporaire. Le visage de Tila s'est illuminé comme si elle venait de comprendre quelque chose. Elle s'est mise à crier de toutes ses forces et un éclair est sorti de sa main. Et puis, un affreux visage est apparu dans le ciel. Il y a eu un terrible hurlement de douleur et, soudain, tout s'est arrêté. Comme par miracle, la tempête a cessé et le ciel s'est dégagé. Alors, une goutte de sang est tombée sur le pont, devant Tila. C'est à ce moment que ta fille s'est effondrée.

Pendant qu'Émile Berland raconte la suite, Mouche, qui est assise en tailleur sur le pont, aux pieds de Tila, ne cesse de hocher la tête. On pourrait croire qu'elle veut ainsi confirmer ses propos, mais en vérité elle songe à ce qu'il vient de dire.

« Quelque chose me dit que ce visage était celui de Tantiné, pense-t-elle. Mais comment en être sûre ? »

Encore ébranlé par le spectacle auquel il vient d'assister, Émile Berland frissonne.

– C'est la chose la plus inouïe que j'ai jamais vue…, déclare-t-il d'une voix faible.

– Tu veux toujours être le capitaine temporaire de ce bateau ? lui demande Aïsha.

– Plus que jamais ! répond-il gravement avec un mince sourire. Même si je ne comprends pas exactement en quoi consiste la mission de Tila, je pense qu'elle est de la plus haute importance, alors tant mieux si je peux l'aider ! Je ne vais certainement pas la laisser tomber maintenant !

Aïsha lui sourit aussi. Puis, tout en caressant la tête de sa fille, elle observe avec curiosité le pont du *Joyeux César* et les gens qui se trouvent dessus. C'est la première fois qu'elle monte à bord du trois-mâts, et elle se sent étrangement émue. Elle ne saurait dire quoi, mais il y a quelque chose, ici, qui lui est familier. Peut-être parce que cet endroit lui rappelle les longs récits de Marc Lataste, le père de Tila.

Après avoir scruté chaque visage sans trouver les personnes qu'elle cherche, Aïsha se tourne de nouveau vers Émile Berland et dit:

– Tila m'a parlé de deux hommes qui ont à peu près ton âge… Euh… comment s'appellent-ils déjà?

– Oh! je présume que tu parles d'Antonin Armagnac et d'Henri Parzet…

– Oui, c'est ça, ce sont les noms qu'elle m'a dits.

– Tiens, c'est bizarre…, dit le capitaine temporaire en balayant le pont du regard, je ne les vois plus. Pourtant, ils étaient là tous les deux juste avant que tu montes sur le bateau. Peut-être qu'ils sont descendus à la cuisine pour commencer à préparer le repas de ce soir.

Mouche sourit intérieurement.

«Tu parles! songe-t-elle. Ils ont filé comme des pets! On dirait que j'avais vu juste, encore une fois… Là où est Aïsha, nos deux oiseaux ne montrent point leur bec! Reste juste à savoir pourquoi…»

– Je pourrais aller à la cuisine pour leur dire bonjour…, suggère Aïsha. Tila m'a tellement parlé d'eux! Elle les aime beaucoup.

– Pourquoi pas? fait Émile Berland.

Mais Mouche n'est pas d'accord. Écoutant son intuition qui lui dit qu'il faut respecter la volonté d'Antonin Armagnac et d'Henri Parzet, que la suite des événements en dépend, elle s'empresse de déclarer :

– Je ne crois pas que ce soit une bonne idée, Aïsha. Nous devons partir. Avec tout ça, nous avons déjà pris trop de retard. Si nous n'avions pas vu que tu avais pris une pirogue pour venir, nous aurions levé l'ancre dès que le temps s'est calmé. Tu verras Antonin et Henri une autre fois. Je suis sûre qu'ils seront enchantés de te rencontrer…, conclut-elle avec un sourire angélique.

– Oui, tu as raison, Mouche. Je suis désolée de vous avoir retardés. J'ai eu tellement peur pour Tila, pour vous tous…

– Pas de problème, je comprends. Tu as bien fait de venir.

Aïsha caresse une dernière fois le front de sa fille, dépose un baiser sur le bout de son nez, puis se lève en la couvant d'un regard affectueux.

– Veillez bien sur mon enfant, dit-elle en fixant tour à tour Mouche, Émile Berland et Gabriel qui vient de s'approcher d'elle pour la saluer.

– Tu sais que je suis là exprès pour ça…, lui répond Mouche tout bas en lui faisant un clin d'œil.

Elle la prend par le bras et, tout en l'entraînant vers l'endroit où est accrochée l'échelle par

laquelle elle est montée et va redescendre, elle
ajoute :

– Tu sais, Aïsha, ton enfant, c'est quelqu'un…

– Oui, je sais, fait la jeune femme en souriant,
c'est la Fille des trois terres !

– Oui, c'est exactement ça… la Fille des
trois terres… rien de moins !

9

Tila garde les yeux mi-clos. Il lui a fallu un bon moment pour comprendre où elle est, ce qu'elle fait là, couchée sur le pont. Peu à peu, des images lui sont revenues. Puis tout s'est remis en place. Elle se souvient de tout, à présent. Elle revoit ce ciel de fin du monde, ce visage effrayant, cette terrible force qui voulait l'anéantir.

Une grande fierté monte en elle.

« J'ai gagné la bataille ! »

Bien que son corps lui fasse mal comme si elle s'était battue à mains nues contre une bande de brigands, Tila se sent bien, apaisée. Elle n'a pas envie de bouger. Elle ne fait qu'un avec le léger vent qui gonfle les voiles, avec les petites vagues qui cognent doucement contre la coque, avec le goéland qui vole au-dessus du bateau. À travers les cils qui zèbrent le mince espace séparant ses deux paupières, elle voit le ciel bleu, sans un seul nuage. Grâce à elle, le beau temps est revenu et le *Joyeux César* vogue tranquillement sur la mer des Antilles, beau et majestueux, aussi fier que sa jeune propriétaire.

La Fille des trois terres s'amuse à reconnaître les voix et les bruits qui l'entourent. Tout près d'elle, Yayae chante, d'une voix mélodieuse, une chanson kalinago. Plus loin, Marie raconte à Jack et à Oliver une histoire qui les fait rire aux éclats. Quelqu'un aiguise une lame. Antonin Armagnac et Émile Berland discutent. Mouche ronchonne parce qu'aucun poisson n'a la bonne idée de s'accrocher à la ligne qu'elle fait toujours traîner derrière le bateau.

Entendant des pas qui viennent dans sa direction, Tila ferme vite les yeux. Quelqu'un s'arrête à côté d'elle, se met à genoux, pose une main rugueuse sur son front, enlève délicatement les cheveux que la sueur y colle, arrange le coussin sur lequel est posée sa tête. La jeune fille sait que c'est Gabriel. Son cœur bat la chamade. Elle retient son souffle. Un sourire veut monter à ses lèvres, mais elle le garde en elle, tout doux. Elle ne veut pas parler ; elle ne veut pas qu'on lui pose de questions. Non, pas tout de suite. Pour l'instant, elle veut juste se laisser bercer par la mer, sentir le souffle du vent et la chaleur du soleil sur sa peau, cette joie qui gonfle son cœur alors que les doigts de Gabriel effleurent sa joue. Le garçon pousse un soupir, puis il se relève et repart vaquer à ses occupations. Ivre de bonheur, Tila se laisse de nouveau glisser dans une volup-tueuse somnolence.

« Hum… je suis bien ! »

Ce sont les derniers mots qui trouvent un chemin pour sortir des profondeurs cotonneuses de sa conscience.

Lorsqu'elle rouvre les yeux, Tila constate que la lumière a changé. Elle entend Émile Berland déclarer d'une voix inquiète :

– Je ne comprends pas ce qui se passe. Je n'ai jamais vu ça. Je mets le cap sur la Martinique, mais une force amène le bateau vers le large. Il n'obéit pas aux commandes que je lui donne… C'est comme s'il avait une volonté propre.

Un des cinq pirates qui ont décidé de rembarquer sur le *Joyeux César* se met à rire bruyamment.

– Elle est bien bonne, celle-là ! Le nouveau capitaine temporaire ne sait pas manœuvrer un bateau…

– Tu trouves ça drôle, pauvre crétin ?! aboie le gros Marcel, furieux. On va s'échouer sur des rochers ou des hauts-fonds si ce type ne sait pas ce qu'il fait.

– Ça fait déjà combien de fois qu'il nous demande de réajuster les voiles ? intervient un troisième. Un coup, il faut les lâcher. Un coup, il faut les ramener. Mais elles battent encore au vent! On va toujours pas dans le bon sens, et il essaie de nous faire croire que c'est pas sa faute!

– Je le savais! s'exclame un autre. Je le savais, que je faisais une connerie en repartant avec cette bande de fous!

– Taisez-vous, espèces d'imbéciles! intervient Aurélien sur un ton tranchant, le visage toujours sévère. Regardez ce qui se passe autour de vous, et vous comprendrez… si du moins votre petit cerveau vous permet un tel effort… que le capitaine temporaire a raison. Vous ne voyez donc pas que le vent et le courant n'arrêtent pas de changer de direction? On dirait que le bateau est poussé par une force plus puissante qu'eux.

Intriguée par ces paroles, la propriétaire du *Joyeux César* se lève. Seize têtes se tournent vers elle. Toutes les bouches se ferment, du moins jusqu'à ce que Yayae se jette sur sa « grande sœur » en criant de joie. Tila se baisse pour la serrer dans ses bras. Puis, sans dire un mot, elle lève la tête pour observer les voiles qui faseyent toujours.

– Comment te sens-tu, Tila? lui demande Antonin Armagnac qui, à l'instar de tous ses autres amis, s'est beaucoup inquiété pour elle.

– Bien! répond-elle simplement en hochant la tête.

Mais Tila ne convainc personne. Tous les regards sont rivés sur elle, car il y a sur son visage quelque chose qui n'était pas là avant. Elle a un air comme douloureux, une expression grave, sérieuse.

Soudain, cependant, ses yeux s'illuminent, sa bouche s'ouvre pour laisser passer une exclamation de surprise.

– Comme c'est beau ! s'écrie-t-elle.

Tous suivent son regard qui est dirigé vers tribord, mais ils ne voient rien d'autre que la mer qui n'est ni plus belle ni moins belle que d'habitude…

– Je n'ai jamais entendu parler de cette île, dit Tila à Émile Berland qui s'est approché d'elle. Comment elle s'appelle ?

Les autres échangent des regards à la fois incrédules et interrogatifs. Mais enfin, de quoi parle-t-elle ? Il n'y a aucune île en vue de ce côté-ci du *Joyeux César* ! C'est d'ailleurs ce que le capitaine temporaire lui fait gentiment remarquer.

– Si tu regardes derrière toi, lui déclare-t-il, tu vas voir en effet une belle île. C'est la Martinique. Mais, de ce côté, il n'y a que de l'eau à perte de vue…

Tila le foudroie du regard.

– Tu te moques de moi ou quoi ? lui demande-t-elle sèchement. Tu es vraiment en train de me dire qu'il n'y a pas d'île là alors que je la vois aussi bien que je te vois ?

Pris au dépourvu, Émile Berland scrute les visages de ses compagnons comme s'il voulait y trouver de l'inspiration, mais il n'y voit rien d'autre qu'une immense perplexité.

« Tila a perdu la tête ! »

C'est ce que tout le monde pense à ce moment précis, à part peut-être Mouche qui arbore un sourire ambigu. Il y a même un homme qui fait un signe de croix, un peu en désordre dans la précipitation, trouvant sans doute que ça commence à faire un peu trop…

Catherine s'avance vers Tila, la prend par le bras et la tire vers elle en lui disant :

– Viens te recoucher, mon amie. Tu dois encore te reposer. Tu as dû subir un choc.

Tila se dégage et la repousse sans ménagement.

– Laisse-moi tranquille ! lui lance-t-elle. Je vous dis que je vais bien !

À son tour, elle regarde tous ces gens, autour d'elle, qui la fixent d'un air désolé, et elle comprend qu'ils la prennent pour une folle. Sa mine s'assombrit ; son regard se durcit encore davantage ; ses narines palpitent. Elle baisse la tête, et tout le monde songe qu'elle a compris son erreur. Mais lorsqu'elle la relève, on peut lire sur son visage une farouche détermination.

– Qu'on mette la pirogue à l'eau ! ordonne-t-elle sur un ton autoritaire.

– QUOI ?!!! demandent à l'unisson plusieurs voix.

– Vous avez très bien entendu ! répond Tila, maintenant de méchante humeur. Que vous le vouliez ou non, je vais aller la voir, cette île ! Alors, s'il vous plaît, dépêchez-vous !

– Mais si c'était un piège, Tila ? intervient Gabriel qui a une expression tellement angoissée que la jeune fille en est tout émue. C'est peut-être pour ça que le bateau n'allait pas là où on voulait. Peut-être que des esprits malfaisants l'ont poussé dans cette direction pour que tu voies cette île… ou plutôt pour que tu croies la voir…

Tila se raidit.

– Toi non plus, tu ne me crois pas ?

– Mais il n'y a pas d'île, Tila… Qu'est-ce que tu veux que je dise d'autre ?

– Ce n'est pas parce que tu ne la vois pas qu'elle n'est pas là…

– Mais quand même… on est seize à ne pas la voir…

– Et alors, qu'est-ce que ça veut dire ?

– Ben…, fait Gabriel qui ne sait plus quoi répondre, abasourdi par tant de mauvaise foi.

Comprenant son désarroi, Tila lui murmure :

– Je dois y aller, Gabriel. Si je continuais ma route comme si cette île n'était pas là, j'y penserais tout le temps. Ça me rendrait folle. Je m'en voudrais toujours de ne pas avoir vérifié, de ne pas être allée au bout de ma conviction, tu comprends?

– Oui, je comprends, soupire Gabriel en la regardant droit dans les yeux. Mais alors, si c'est comme ça, j'y vais avec toi! Parce que, moi, ce qui me rendrait fou, c'est qu'il t'arrive quelque chose…

– Mais…

– Tu ne me feras pas changer d'idée, Tila! l'interrompt-il sur un ton tranchant. Je te garantis que tu ne descendras pas de ce bateau si je ne suis pas avec toi.

– Je te rappelle que tu es sous mes ordres, dit la jeune fille avec un sourire malicieux. Tu sais que je pourrais te faire ligoter et enfermer dans la cale?

– Oui, je le sais, mais tu ne le feras pas…, répond-il en lui faisant un clin d'œil qui met son cœur sur orbite.

Pendant qu'ils parlaient, Émile Berland est allé chercher une carte qu'il déroule devant Tila.

– Regarde, lui dit-il d'une voix qu'il voudrait convaincante, tu vois bien qu'il n'y a aucune île à cet endroit!

– Ah! ah! fait la jeune fille, après toutes ces années passées à côté des Kalinagos, tu ne sais toujours pas que tout n'est pas écrit?!

Assis l'un derrière l'autre dans la pirogue, Gabriel et Tila rament, le premier en direction de l'horizon, la deuxième en direction d'une île qu'elle est la seule à voir.

– Dis-moi comment elle est, demande Gabriel.

Tila sourit. Certains pourraient voir dans l'attitude de ce garçon une grande naïveté ; elle préfère y voir une grande ouverture d'esprit.

– Elle est magnifique ! Une belle plage de sable blanc s'étend juste en face de nous. Il ne doit pas y avoir grand monde sur cette île, parce que les cocotiers qui la bordent sont chargés de noix de coco. Plus loin, il y a des petites montagnes qui se suivent et, au bout, un énorme volcan… D'abord, il y avait un peu de fumée qui en sortait… Et puis… euh… je ne te l'ai pas dit pour ne pas te faire peur… mais, à l'instant précis où on s'est assis dans la pirogue, la montagne s'est mise à cracher du feu… Tu ne sens pas ? Il y a une forte odeur de soufre…

Gabriel a beau ouvrir bien grand les narines pour aspirer de bonnes bouffées d'air, il ne sent rien d'autre que les parfums de la mer. Par acquit de conscience, il jette un coup d'œil de l'autre côté, en direction de la Martinique, pour voir si la montagne Pelée ne serait pas en éruption. Mais non, c'est le calme plat par là-bas.

– Maintenant, continue Tila, l'île est recouverte d'une épaisse fumée blanche et grise. Avec le soleil, ça fait une belle lumière jaune. Le vert est encore plus vert, le bleu encore plus bleu. C'est beau! Et regarde l'eau comme elle est claire! On voit le fond! Et il y a plein de poissons de toutes les couleurs.

Mais, là encore, Gabriel ne voit rien d'autre que l'étendue turquoise de la mer, plissée par le vent et le courant, sillonnée par des petites vagues. En dessous, le bleu devient plus foncé, ce qui indique que l'eau est très profonde.

– Moi, je vois de l'eau, de l'eau et encore de l'eau! répond-il simplement.

– Waouh! trop *nice*! s'exclame Tila qui se met, par moments, à parler comme Mouche. Il y a un arc-en-ciel qui est en train de se former au-dessus de l'île. Je n'ai jamais vu un arc-en-ciel avec des couleurs aussi vives. C'est tellement beau que ça a l'air irréel…

– Je ne te le fais pas dire…, soupire son compagnon en regardant le ciel où, évidemment, il ne voit pas l'ombre d'un arc-en-ciel.

Il essaie de ne pas trop le montrer, mais il commence à s'inquiéter sérieusement, Gabriel, car il voit le *Joyeux César* s'éloigner bien davantage qu'il ne l'aurait voulu. Quinze personnes, alignées sur le pont, suivent la progression de la pirogue d'un regard qu'il sait anxieux.

– C'est encore loin ? ne peut-il s'empêcher de demander.

– Non, encore une dizaine de coups de rame et on y est, répond Tila.

Un lourd silence s'installe entre les deux amis. L'angoisse et la peur leur étreignent le cœur.

« Que va-t-il se passer, se demande l'un, quand Tila va croire qu'elle est arrivée sur la belle plage de sable blanc ? »

« Que va-t-il se passer, se demande l'autre, quand je vais descendre sur cette belle plage de sable blanc ? Et Gabriel, que va-t-il faire ? »

## 10

– Arrête-toi ! On est arrivés !

Gabriel se retourne et, l'air anxieux, regarde Tila qui vient de poser sa rame sur le côté de la pirogue. Elle le fixe avec un sourire qu'elle veut convaincant, mais qui n'arrive pas à cacher sa propre anxiété. Elle prend une grande inspiration, souffle longuement, puis déclare en hochant la tête comme si elle voulait se donner du courage :

– Il faut que j'y aille, Gabriel… même si je n'ai aucune idée de ce qui va se passer maintenant.

Tila a la gorge serrée. Elle a peur, mais ne peut reculer.

– On pourrait aussi revenir tranquillement au bateau, suggère le jeune homme d'une voix tremblotante.

– Laisse-moi descendre… On va bien voir ce qui se passe…

– Mais descendre où, Tila ? crie Gabriel avec la force du désespoir. Il n'y a rien !

Il a l'impression que son cœur s'arrête quand il la voit sortir une jambe de la pirogue, puis l'autre. Mais, à sa grande stupéfaction, elle ne s'enfonce pas dans la mer comme il s'y attendait. Elle reste là, à côté de la petite embarcation, avec de l'eau à peine jusqu'aux chevilles, comme suspendue à des fils invisibles.

– Tu vois ? lui dit-elle, rassurée de sentir sous ses pieds le sable qui entoure l'île.

Les yeux écarquillés, la bouche ronde, Gabriel se demande s'il est en train rêver... ou alors de devenir fou.

« Non, non, ce n'est pas possible ! se répète-t-il, hagard. Ce n'est pas possible ! »

Tila se penche vers lui, prend son visage entre ses mains et l'attire doucement vers elle pour poser sur ses lèvres un baiser qui le rend fou pour de bon. Elle aussi, d'ailleurs... et elle doit faire un effort phénoménal pour décoller sa bouche de la sienne, car elles s'attirent comme deux aimants.

– Je t'aime, lui murmure Gabriel, les yeux plantés dans les siens.

– Je t'aime, répond-elle dans un souffle en écartant doucement ses mains qui essaient de la ramener à lui.

Écartelée, Tila se fait violence pour se redresser. Puis elle avance, sans se retourner, vers le bout de la pirogue et disparaît...

Affolé, horrifié, Gabriel pose sa rame à son tour. Il veut la suivre. Même s'il ne sait pas où elle est, il ne peut pas la laisser toute seule. Mais avant qu'il n'ait pu faire un geste de plus, la pirogue repart en sens inverse. Vite, il reprend la pagaie pour se remettre à ramer vers l'endroit où Tila a disparu. Mais il n'y a rien à faire ; un courant qui n'a rien de naturel le ramène inexorablement vers le *Joyeux César*.

Pendant un instant, sur la mer des Antilles, on n'entend plus que ce cri déchirant :

– TILA !!!

Tila se retourne. Il lui a semblé entendre un cri. Mais non, pourtant, elle ne voit rien. À l'instant où elle a posé le pied sur la plage, quelques secondes plus tôt, elle a eu l'impression de passer au travers d'un voile, quelque chose qui lui a fait penser à une toile d'araignée. Maintenant qu'elle regarde derrière elle, elle constate qu'il n'y a plus rien. Gabriel, la pirogue, le *Joyeux César*, même la Martinique là-bas, au loin, tout a disparu. Il n'y a qu'une mer lisse, à l'infini.

De nouveau, la peur s'empare d'elle, faisant trembler davantage ses jambes, serrant davantage sa gorge dont ne parvient à sortir qu'un murmure :

– Gabriel…

Des larmes coulent sur ses joues. Elle se sent terriblement seule, perdue sur cette île irréelle. Et si c'était un piège, comme l'a dit Gabriel?...

En tout cas, ce n'est pas une illusion. Tila voit devant elle de vrais arbres, de vraies plantes, de vrais rochers. Elle sent le sable chaud sous ses pieds nus. Elle respire les mille odeurs de la terre et de la mer, les émanations de soufre du volcan qui, cependant, cesse de gronder comme par enchantement.

Absorbée par cette prise de contact avec son environnement, la jeune fille sursaute en sentant quelque chose toucher sa jambe droite. Elle baisse vite la tête et voit, avec une indicible stupéfaction, un bonhomme pas plus haut que trois pommes qui, d'une main, secoue le bas de son pantalon pour attirer son attention et, de l'autre, tient une enveloppe presque aussi grande que lui. Encore plus petit qu'un ti-colo, il porte une robe verte qui lui descend jusqu'aux pieds, serrée à la taille par un bout de corde de chànvre. Ses cheveux sont rassemblés en une tresse aussi longue que sa robe. Pourtant, aucun doute, c'est un garçon. À en juger par ses traits lisses, il est tout jeune. Son visage est adorable. Ses yeux noirs pétillent de joie et de malice. Il fait à Tila un sourire aimable qui la rassure.

– Bonjour! C'est pour toi, lui dit-il, guilleret, en levant le bras pour lui tendre l'enveloppe.

Interloquée, autant de voir cette étrange créature que de savoir que quelqu'un lui a envoyé un message ici sur cette plage, Tila se penche pour prendre le morceau de papier sur lequel son nom est écrit en grosses lettres.

– Tu es bien mal élevée, toi, dis donc ! s'écrie le petit bonhomme en faisant une moue comique et en la pointant du doigt. Ici, on dit « bonjour » quand on arrive quelque part et « merci » quand quelqu'un nous donne quelque chose ! Pas chez toi ? Ou alors, tu fais ça parce que je suis tout petit et que tu te crois plus importante ?

– Oh non ! Non, pas du tout ! fait Tila en mettant une main sur sa bouche. Je suis désolée !

– Désolée… désolée… Qu'est-ce que ça veut dire, « désolée » ?

– Euh… eh bien… je ne sais pas… c'est…

– Ah ! elle est bien bonne, celle-là ! Elle dit des mots et elle ne sait même pas ce qu'ils veulent dire !

– Mais si, je le sais…

– Il faudrait savoir !

– C'est juste que ce n'est pas facile de trouver, comme ça, les mots pour expliquer… En fait, on dit qu'on est désolé quand on regrette ce qu'on a fait.

– Ah ! eh bien, voilà ! je comprends maintenant ! C'est pour ça que ce mot n'existe pas dans la langue tchou. Les tchous n'ont pas besoin de regretter quoi que ce soit parce qu'ils font toujours attention à ce qu'ils font.

Il se gratte la tête d'un air songeur et ajoute :

– Alors, comme ça, chez les non-tchous, on peut faire n'importe quoi et, après, on a juste à dire qu'on est désolé…

Tila le regarde avec des yeux tout ronds. Elle n'ose plus rien dire. Finalement, c'est le tchou qui reprend la parole :

– Tu n'ouvres pas ton enveloppe ?

– Euh… si… j'allais le faire…

– Ah ! très drôle ! Elle reste plantée là à me regarder avec des yeux de dorade coryphène et elle me dit qu'elle allait le faire…

Agacée, Tila soupire en levant les yeux au ciel. Puis elle tourne le dos au tchou, bien décidée à ne plus s'occuper de lui. Mais elle l'entend qui marmonne :

– En plus, elle est susceptible ! Mon grand-papou, qui a beaucoup voyagé, m'a toujours dit que les non-tchous étaient susceptibles. Voilà bien qui confirme ses propos dont pourtant je n'ai jamais douté, car, parole de tchou, les tchous ne mentent jamais !

Il ne se tait que pour prendre une grande respiration avant d'ajouter :

– Je me demande si je devrais lui dire qu'elle a un gros poil sur le dessus du gros orteil…

Cette fois, Tila éclate de rire. Ce rire lui fait du bien ; il évacue la peur, défait une bonne partie des nœuds qu'elle a entre le cœur et le cerveau.

– Ouf ! j'ai eu peur, s'exclame le tchou, j'ai cru que tu avais les mâchoires bloquées ! Bon alors, tu la lis, cette lettre ? ! Je suis impatient de savoir ce qui est écrit !

– Si tu crois que je vais te le dire !… réplique Tila en s'éloignant de lui.

– Alors, je ne te dirai pas qui me l'a donnée…, fait l'infernal petit bonhomme avec un sourire qui dévoile ses jolies dents bien blanches.

– Qui te dit que je veux le savoir ?

– Qu'est-ce que tu paries ? Allez, trois noix de coco vertes !

– Des noix de coco ? ! s'étonne Tila en levant les yeux vers un cocotier chargé de fruits. Mais il y en a partout !

– Oui, mais, nous les tchous, nous sommes trop petits pour les attraper.

– Mais les noix de coco finissent toujours par tomber.

– Elles tombent quand elles sont mûres. Mais, nous les tchous, nous détestons les noix de coco mûres. Par contre, quand elles sont vertes, nous en sommes fous. C'est une torture perpétuelle de les voir au-dessus de nos têtes sans pouvoir les attraper…

– Où qu'on soit, finalement, on a tous nos petits problèmes, murmure Tila d'un air songeur en observant les centaines de noix de coco qui sont accrochées aux arbres.

Elle rebaisse la tête pour regarder l'adorable petit tchou.

– Mais dis donc, lui dit-elle, tu me paries trois noix de coco vertes, mais si tu perds, comment tu vas me les donner ?…

– Je vais gagner…, répond-il en lui faisant son sourire le plus craquant.

– Ah ! ah !

– Comme tu es belle quand tu ris !

– Allez, sérieusement, dis-moi ce que tu me donnes si je gagne.

– Tu ne vas pas gagner, je te dis !

Tila secoue la tête, exaspérée par la mauvaise foi du tchou – ou du moins par ce qu'elle prend pour de la mauvaise foi.

– Laisse-moi tranquille, maintenant, lui lance-t-elle tout en palpant cette enveloppe qui lui brûle les doigts. Je veux lire ma lettre.

– Tu pourrais me dire « s'il te plaît » après tout ce que j'ai fait pour toi…, réplique le tchou.

La jeune fille lui montre les dents en rugissant comme si elle voulait le mordre, ce qui le fait rire aux éclats, puis elle va s'asseoir sur une souche. En gardant le tchou à l'œil pour être sûre qu'il ne s'approche pas, elle décachette fébrilement l'enveloppe. Cet exercice étant toujours un peu difficile pour elle, Tila lit lentement, car elle doit bien se concentrer. Alors, avant même de comprendre les caractères qui sont alignés sur la feuille de papier, elle a un choc en voyant la façon dont ils sont tracés.

« Ce n'est pas possible ! se dit-elle, en proie à un terrible doute. J'ai des hallucinations ou quoi ?… On dirait que la personne qui a écrit ces mots est la même que celle qui a écrit les lettres que j'ai trouvées dans ma cabine, sur le *Joyeux César*… et aussi le message que m'a donné Émile Berland, et celui qui était dans la bouteille que j'ai trouvée sur l'épave, au fond de la mer. Je suis presque sûre que c'est la même écriture… Je n'y comprends plus rien… »

Tila a un frisson.

Est-ce Joseph Lataste qui a écrit le message qu'elle tient en ce moment entre ses mains ? Ou est-ce quelqu'un d'autre qui a écrit les lettres qui sont pourtant signées « Lataste » ?

« Tiens ! Lataste…, songe Tila. Je n'y avais pas pensé… Lui aussi dit simplement "Lataste", et pas "Joseph Lataste". »

Alors que son cœur bat très fort, elle se met à lire :

*Bienvenue sur l'île de la Destinée, Tila !*
*Rends-toi au château. Il se trouve*
*de l'autre côté du volcan.*
*Demande à ton ami tchou de te montrer le chemin.*
*Mais un bon conseil : avant d'arriver là,*
*convaincs-le de faire demi-tour et de te laisser seule.*
*Les tchous sont de charmantes créatures,*
*mais quelque peu bavardes et envahissantes...*
*Tu verras, il y a une ligne*
*qu'ils ne peuvent pas traverser...*
*Cependant, quelque chose me dit*
*que ce gentil tchou va vouloir,*
*grâce à ton aide, s'aventurer de l'autre côté.*
*Bonne chance !*
*Mais regarde bien où tu mets les pieds et le nez...*

– Alors ? lance le petit bonhomme qui n'en peut plus d'attendre, confirmant par ce simple mot ce que dit la lettre à propos des tchous.

Tila décide de mettre sa fierté de côté et de capituler tout de suite.

– D'accord, je te donne trois noix de coco et tu me dis qui t'a donné cette lettre.

Le tchou éclate de rire.

– Tu vois, je te l'avais dit ! J'AI GAGNÉ !!! clame-t-il d'un air triomphant.

« C'est drôle, se dit Tila, il me fait penser à Mouche... »

– Mais d'abord tu dois me dire ce qui est écrit sur la lettre…, déclare le tchou très sérieusement.

– Mmm… c'est vrai ! fait la jeune fille en lui adressant un sourire en coin. Eh bien, la personne qui a écrit cette lettre dit que je suis sur l'île de la Destinée…

– Mais non ! Ici, nous sommes à Tchoulande. C'est mon grand-papou voyageur qui a baptisé l'île comme ça. D'après lui, ça veut dire « terre des tchous ». Ça fait distingué, hein ?

– Oui, c'est magnifique ! assure Tila pour lui faire plaisir. Mais dis-moi, il y a d'autres gens que des tchous qui habitent sur cette île ?

– Oui, nous cohabitons avec des créatures plus ou moins étranges…, répond le petit tchou en lui faisant un clin d'œil complice. Et puis, il y a des gens qui vivent de l'autre côté du volcan. On sait qu'ils sont là, mais on ne les voit jamais, tu comprends ?

– Je n'en suis pas sûre, murmure Tila, mais quelque chose me dit que je ne vais pas tarder à le faire.

– Bien vu ! Tu n'es pas bête pour une non-tchou ! Mais continue, dis-moi ce qui est écrit encore sur ta lettre.

– Il est écrit que je dois aller de l'autre côté du volcan… et que tu vas me montrer le chemin parce que, comme tous les tchous, et même encore un peu plus que les autres, tu es adorable, serviable, fiable…

Flatté, le petit être bombe tellement le torse que, pendant quelques secondes, il fait penser à un ballon.

– Allez, reprend Tila, maintenant que je t'ai dit ce qui est écrit sur la lettre, tu dois me dire qui te l'a donnée.

Le tchou émet une suite de petits gloussements en secouant la tête et les épaules avant de répondre :

– Mon voisin.

– Ah… Et qui l'a donnée à ton voisin ?

– Son voisin.

Tila commence à sentir ses mâchoires se crisper.

– Et qui l'a donnée au voisin de ton voisin ?

– Son voisin.

– Tu te moques de moi ? fulmine Tila qui comprend qu'elle s'est fait avoir.

– Mais pas du tout ! Tu me demandes qui m'a donné cette lettre, alors je te le dis ! Elle a fait le tour du village avant d'arriver à moi. Le tchou qui l'a eue le premier l'a donnée à son voisin de droite, qui l'a donnée à son voisin de droite, qui l'a donnée à son voisin de droite, et ainsi de suite jusqu'à moi qui habite au bout du village et qui n'ai donc pas de voisin de droite…

Mon voisin de gauche me l'a donnée en me disant ce que les autres avaient dit aussi : « Cette lettre est pour Tila, mais ne dis à personne que c'est moi qui te l'ai donnée. » Personne n'a réussi à savoir de quelle maison la lettre était partie. Plusieurs théories circulent dans le village, mais, moi, la mienne, c'est que plusieurs personnes ont reçu des noix de coco vertes en échange de leur silence. J'ai espionné discrètement pour voir si je ne trouverais pas des coques vides. Mais non, rien ! Parole de tchou, c'est du bon boulot ! Propre… Pas de traces… Rien à dire…

– Mais comment as-tu deviné qui j'étais et que c'était bien à moi que tu devais remettre cette lettre ?

– D'ici, tu ne peux pas voir notre village parce qu'il est caché derrière ces arbres, explique le tchou en pointant du doigt l'orée de la forêt. Mais ma maison est juste derrière ce petit rocher que tu vois là. Quand le volcan s'est mis à gronder et à cracher du feu, je suis sorti de chez moi, j'étais sur le qui-vive. C'est là que je t'ai vue arriver sur la plage, et j'ai tout de suite compris que la lettre était pour toi. Ce n'est pas tous les jours que quelqu'un sort de nulle part pour débarquer sur notre île…

– Comment ça, de nulle part ? Tu n'as pas vu mon bateau ?

– Un bateau ? ! Mais tu es folle, toi, ou quoi ? Il n'y a jamais de bateaux qui viennent ici ! Je sais que ça existe parce que mon grand-papou m'en a parlé, mais je n'en ai jamais vu. Toi, tu es apparue comme ça sur la plage, ajoute le tchou en claquant des doigts. Si j'avais eu le moindre doute, à cet instant j'aurais eu la certitude que tu étais Tila parce que j'ai entendu quelqu'un crier ton nom.

## 11

Le tchou, qui s'appelle Lah, a voulu emmener Tila voir sa famille et ses amis, mais elle a poliment refusé. Elle ne sait pas ce qu'elle est venue faire sur cette île, mais elle veut vite le découvrir et, surtout, vite s'en aller, car c'est bien cela, à cet instant précis, qui la tracasse le plus : comment va-t-elle repartir ? Lui suffira-t-il de traverser dans l'autre sens l'espèce de voile invisible au travers duquel elle est passée quand elle a marché vers l'île de la Destinée ? Le *Joyeux César* sera-t-il toujours là ?

Tila pense à Gabriel. Où est-il en ce moment ? Est-il revenu sur le trois-mâts ? Du bout des doigts, elle touche ses lèvres qui ont goûté les siennes, qui s'en ennuient déjà. Rien que de songer à ce baiser si court – trop court ! –, ça chauffe dans sa poitrine, ça papillonne dans son ventre.

Cependant, Lah ne tarde pas à la ramener à des choses plus terre à terre. Il y a cinq minutes qu'ils ont quitté la plage pour longer la rive en direction du volcan, et cela faisait au moins une minute qu'il n'avait rien dit…

– Et mes trois noix de coco vertes, quand vas-tu me les donner?

– Je ne suis pas sûre que tu les mérites… Tu m'as dupée!

– Il y a un dicton tchou qui dit: «Seul est dupé celui qui veut bien l'être.» Tu as parié, tu as perdu, tu me dois trois noix de coco, c'est tout. C'est ta curiosité qui t'a joué un mauvais tour parce qu'il est évident que si j'avais su qui a donné cette lettre au premier tchou qui l'a fait passer aux autres, je te l'aurais dit tout de suite.

– D'accord! Je vais t'en donner plein, des noix de coco vertes, tu vas voir…, marmonne Tila tout bas.

C'est qu'elle vient d'avoir une idée. Elle a trouvé une bonne façon de se débarrasser du tchou une fois qu'il lui aura montré le chemin pour atteindre le volcan. En attendant, elle continue vaillamment de marcher en écoutant la recette du délicieux ragoût de sauterelles que fait sa grand-mamou, recette rapportée par son grand-papou d'un de ses fabuleux voyages dans les pays non tchous.

– Mais comment il peut partir, ton grand-papou, s'il n'y a pas de bateau? lui demande Tila, qui a du mal à comprendre comment on peut voyager partout dans le monde quand on n'est même pas capable de trouver un moyen pour attraper des noix de coco vertes…

– Il nage, répond Lah le plus sérieusement du monde.

– Pardon?! fait la jeune fille, les yeux ronds comme des billes.

– Tu as très bien entendu. C'est agaçant, à la fin, cette manie que tu as de faire répéter les gens! J'ai dit: il na-ge. C'est arrivé jusqu'à ton cerveau, cette fois, ou tu veux que je te fasse un dessin?

– Ça va, c'est bon, j'ai compris! grogne Tila, vexée. Si tu ne disais pas des choses si bizarres, aussi, je ne serais pas tout le temps en train de me demander si j'ai bien compris…

– Je ne vois vraiment pas ce qu'il y a de bizarre dans ce que j'ai dit… Il nage… Sache, incrédule non-tchou, que les tchous peuvent vivre aussi bien dans l'eau que sur la terre. Les baleines traversent bien les océans, n'est-ce pas? Eh bien, les tchous peuvent le faire aussi. Nous sommes des créatures amphibies. Tu ne peux pas le voir à cause de mes vêtements et de mes chaussures, mais j'ai une nageoire dans le dos et mes pieds sont palmés.

Lah se met à rire et ajoute:

– Voilà une incroyable révélation qui, elle, oui, mériterait d'être répétée! Mais tu restes là, les bras ballants, à me regarder comme si tu n'avais jamais vu un tchou de près!

– C'est un peu ça, oui, gros malin!

– J'adore qu'on m'appelle « gros malin » !
s'exclame Lah, les deux mains jointes et un
grand sourire aux lèvres.

Tila hâte le pas. Ce petit tchou est bien gentil,
mais il commence à lui donner mal à la tête en
parlant comme ça sans arrêt et en trouvant à re-
dire à la moindre de ses paroles. Tandis qu'elle
s'éloigne de lui, il lui vient une idée qui la fait
sourire : elle va se cacher derrière un arbre pour
lui faire peur quand il va passer. Elle rit déjà
en imaginant la tête qu'il va faire lorsqu'elle va
sauter devant lui en criant « hoouuu ! ».

Au détour du chemin, dès qu'elle ne voit
plus Lah, la jeune fille se faufile à toute vitesse
entre deux buissons. C'est alors que la blague
se retourne contre elle… car elle tombe nez à
nez avec un chat trois fois plus gros que tous
ceux qu'elle a vus jusqu'à ce jour. Il a aussi un
air féroce que les autres n'ont pas et qui ne lui
dit rien de bon, malgré sa belle fourrure qui
semble si soyeuse et si épaisse qu'on a envie d'y
enfoncer les doigts pour la caresser.

Devant cette vision, Tila se fige de peur.
Son cœur se met à battre plus vite, mais ses
battements s'accélèrent encore davantage
lorsque la bête retrousse les babines pour
montrer des crocs bien pointus, étincelants.
Cependant, la frayeur se transforme en formidable stupeur lorsqu'elle entend l'énorme

chat émettre un long grognement qui arrive à son cerveau sous la forme suivante:

– *Eh, vilain p'tit singe, j'ai entendu un tchou... Tu l'aurais pas vu?*

– *Ah si... oui... je l'ai vu... il est parti par là-bas*, lui répond-elle de la même façon, l'index tendu vers la direction opposée à celle où se trouve Lah, tout en faisant de gros efforts pour paraître aussi naturelle que possible et pour réprimer la colère qu'a fait monter en elle le «vilain p'tit singe».

C'est que Tila a compris, en voyant ses yeux brillants d'avidité et de méchanceté, que le gros chat n'a aucunement l'intention de faire ami-ami avec le petit tchou, mais plutôt de le croquer tout cru. Tout en s'efforçant de ne pas le montrer, intérieurement elle tremble de peur à l'idée que Lah se pointe avant que la bête ne soit partie.

Le chat lance à la jeune fille un regard aussi arrogant que méprisant, puis il se tourne pour prendre la direction qu'elle lui a indiquée. Tila ouvre la bouche pour pousser un soupir de soulagement, mais elle n'en a pas le temps, car elle se fige de nouveau en entendant, juste derrière elle, la voix du tchou.

– Tu essaies de me semer avec tes grandes jambes ou quoi? lui lance-t-il sur un ton joyeux. Si tu crois que tu vas y arriver avant de m'avoir donné mes trois...

Lah s'interrompt, car il vient de voir le gros chat. Celui-ci le regarde avec une expression qui ressemble à un sourire sadique et qui en dit long sur ses sombres desseins. En une fraction de seconde, ses poils se hérissent, son dos s'arque, ses pattes arrière se plient légèrement. Il est prêt à bondir.

Voyant cela, le tchou pivote sur ses talons pour fuir. Il n'est pas assez rapide, cependant. Le chat s'élance vers lui d'un mouvement aussi prompt que gracieux, toutes griffes et tous crocs dehors. Mais il ne va pas bien loin… car quand il passe à côté d'elle, Tila le saisit par la queue. Elle ne s'est pas posé de questions ; elle a seulement écouté la petite voix, en elle, qui lui a dit qu'il n'était pas question que cette bête fasse du mal à son ami tchou.

Furieux, le chat se replie sur lui-même pour essayer de mordre la main qui tient fermement sa queue. Tila a juste le temps de rejeter son bras d'un coup sec vers l'arrière. Les griffes de l'animal entaillent superficiellement le dessus de sa main, mais elle ne le lâche pas. En voyant ses yeux injectés de sang, elle comprend que c'est maintenant elle ou lui.

– Cette sale bête va nous tuer tous les deux ! crie Lah, tremblant de frayeur.

Une horrible image s'impose à l'esprit de Tila qui sent la peur s'infiltrer de nouveau en elle alors que son bras faiblit sous le poids du gros chat : elle se voit en train de se faire déchiqueter vive par ce cruel animal.

– Je t'en supplie, Tila, hurle encore le tchou, aide-moi, je ne veux pas mourir !

Ce cri du cœur et son propre instinct de survie donnent à la Fille des trois terres un nouveau courage, une nouvelle force. Comme sur le *Joyeux César* face à l'ennemi invisible qui avait pris la forme de cette tempête assassine, elle sent monter en elle une fureur qui se transforme en une boule de pure énergie. Sa bague devient toute chaude sur son doigt.

Alors que le chat, enragé, se tord dans tous les sens pour essayer de la griffer ou de la mordre, la chaleur qui irradie de sa bague se propage dans son bras. Tila la sent qui traverse sa main pour se rendre ensuite jusqu'à son coude et, finalement, jusqu'à son épaule. Son bras devient aussi dur et inattaquable que du fer. Tendu vers le ciel, il se met à tourner de plus en plus vite.

Les yeux écarquillés par l'incompréhension, les oreilles rabattues vers l'arrière par la peur, les moustaches et les poils collés au corps par la pression de l'air, le chat tourbillonne à une vitesse folle au-dessus de la tête de Tila. Lorsqu'il a atteint l'allure voulue et que sa tête se trouve juste en face d'un énorme rocher, à une dizaine de mètres de là, la jeune fille lâche sa queue.

La bête va si vite qu'on la voit à peine parcourir la distance qui sépare son point de départ du rocher. Elle s'écrase sur ce dernier en faisant un bruit dégoûtant, puis tombe sur le sol, cassée de partout, raide morte. Tila et Lah grimacent, la tête rentrée dans les épaules.

– Waouh! s'exclame le tchou une fois qu'il a retrouvé l'usage de la parole que la stupéfaction lui avait enlevé. Eh bien, dis donc, il ne faut pas trop t'embêter, toi! Aïe aïe aïe!

Tila ne répond pas, encore trop troublée par ce qui vient de se passer. Elle se contente de regarder le petit bonhomme d'un œil vide, car elle se sent épuisée, même si ce n'est pas au point de tomber inconsciente comme elle l'a fait après avoir affronté la tempête. Lah doit trouver son regard bien inquiétant, car il recule d'un pas et bredouille en prenant un air on ne peut plus conciliant:

– Euh… pour les trois noix de coco, tu sais, on peut laisser tomber… C'est vrai, à bien y penser, que je t'ai un peu menée en bateau… Je te conduis jusqu'au chemin qui mène au volcan, et puis je rentre gentiment chez moi, d'accord?

Tila, qui a complètement retrouvé ses esprits, se retient pour ne pas rire.

– Sage décision, mon ami, répond-elle très sérieusement, parce que je me demandais justement si je n'allais pas te faire faire un petit tour sur la lune...

– Tu vois, il y a toujours moyen de s'arranger..., fait Lah avec un sourire contraint.

Cette fois, Tila éclate de rire. Le tchou rit aussi. En se passant une main sur le front, il soupire :

– Ouf ! tu m'as fait peur ! Tu avais l'air tellement bizarre, tout à coup ! On aurait dit que tu étais devenue quelqu'un d'autre...

Encore un peu sonnée, la Fille des trois terres répond d'un air songeur :

– C'est peut-être quelque chose comme ça...

Se reprenant, elle ajoute :

– Mais dis-moi, Lah, qu'est-ce que c'était, cette bête ?

– Un glominé... Tu n'en avais jamais vu ?

– Non, jamais.

– C'est une espèce qui vient du chat. Elle a été créée par un sorcier qui déteste les tchous. Vu la cruauté des glominés et le fait qu'ils sont beaucoup plus gros que nous, nous n'avons pas beaucoup de chances de survivre quand nous en rencontrons un. Heureusement, ils ne sont pas nombreux. Et un sorcier tchou a réussi à leur jeter un sort qui les a privés de leur odorat. Il leur a fait respirer quelque chose qui leur a bouché les deux narines. C'est pour ça qu'ils peuvent nous entendre, nous voir, mais pas nous flairer.

– Ah! je comprends maintenant! fait Tila en secouant la tête. Je trouvais bizarre aussi qu'il me demande si je ne t'avais pas vu alors que tu étais tout près de là.

Lah baisse la tête, prend une grande respiration, relève les yeux vers sa compagne, puis déclare :

– Tu m'as sauvé la vie, Tila. Si tu n'avais pas été là, je serais maintenant en bouillie dans le ventre de cette horrible bête.

Le tchou baisse encore le ton pour ajouter, la voix étranglée par l'émotion :

– C'est comme ça que mon papou est mort…

Tila ne sait pas si c'est parce qu'il veut lui témoigner sa reconnaissance et son respect ou parce qu'il est encore en état de choc, mais Lah n'a plus ouvert la bouche depuis qu'ils se sont remis à marcher, à part pour lui présenter un vieux tchou qui ramassait des herbes médicinales dans une clairière, deux jeunes amoureux qui, de toute évidence, s'étaient éloignés du village pour trouver un peu d'intimité, ainsi qu'un groupe d'enfants qui se baignaient dans une petite rivière.

«Ces tchous, jeunes ou vieux, hommes ou femmes, sont tous aussi mignons les uns que les autres!» s'est dit Tila avec étonnement, également impressionnée par la gentillesse et la déférence dont sont empreintes leurs relations.

En fait, les tchous ne sont pas les seules créatures étranges qu'elle a vues depuis qu'elle est arrivée sur l'île de la Destinée. Elle a aussi aperçu, entre autres, des papillons énormes, des oiseaux à quatre ailes, des souris qui avaient la taille d'un chien et des chiens qui avaient la taille d'une souris, des singes qui avaient une queue d'**agouti** et des agoutis qui avaient des oreilles de **manicou**…

Lorsqu'ils arrivent au pied de la première montagne, Lah s'arrête et se laisse tomber sur un tronc d'arbre cassé, visiblement fatigué. Bien que le volcan ait cessé de cracher du feu, il fait de plus en plus chaud à mesure qu'on s'en approche. Les deux marcheurs sont en sueur.

D'un geste, Lah montre à sa compagne un sentier qui part vers la gauche, s'enfonçant dans une forêt encore plus épaisse que celle qu'ils viennent de traverser.

– C'est là qu'on doit passer, déclare-t-il.

Tila décide de jouer franc-jeu avec lui. Elle n'a plus le cœur à lui faire un tour pour s'en débarrasser comme elle en avait l'intention. Aussi, elle s'assoit à côté de lui et lui dit:

– Écoute, Lah, il faut absolument que je continue mon chemin toute seule. Je ne peux pas t'expliquer pourquoi, mais c'est vraiment important.

Dans les yeux du tchou passe une lueur d'incompréhension, puis de tristesse.

– Ce n'est pas possible, Tila. Je ne peux pas te laisser seule dans cette forêt.

---

Un **agouti** est un mammifère rongeur, qui a la même taille qu'un lapin et qui se déplace aussi rapidement.

Un **manicou** est un opossum.

– Si, bien sûr que tu le peux! Tu as vu que je suis en mesure de me défendre…

– Ça oui!… Mais quand même… tu n'as pas peur?

– Si… un peu… mais il faut que je le fasse quand même. Et toi, ça va aller? Tu n'as pas peur de rentrer tout seul au village après cette attaque du glominé?

– Si… un peu…, répond le tchou en souriant, mais il faut que je le fasse quand même, n'est-ce pas?…

– Oui, répond Tila avec un sourire amical. Mais dis-moi, Lah, est-ce que le volcan entre souvent en éruption?

– Mon grand-papou, qui est très, très vieux et qui connaît beaucoup de choses, dit que le volcan crache du feu quand l'île est fâchée, quand quelqu'un veut venir sur son sol sans y être invité. Toi, tu étais attendue, puisque le volcan s'est calmé dès l'instant où tu es apparue sur la plage. Je ne sais pas pourquoi l'île a eu cette réaction juste avant, comme si elle avait senti la présence, dans les environs, de quelqu'un qui n'était pas le bienvenu…

« Ce quelqu'un, c'est Gabriel, songe Tila. Le volcan s'est mis à cracher du feu aussitôt qu'il a pris place dans la pirogue. L'île de la Destinée ne voulait pas le voir. C'est ma destinée à moi, pas la sienne. »

Lah la regarde d'un air incertain, comme s'il n'arrivait pas à se résigner à se séparer d'elle, à la laisser partir seule dans cette forêt qui, il le sait, est pleine de dangers.

« Et puis, qui sait si, avec elle, je ne pourrais pas passer de l'autre côté ? » se dit-il.

Le tchou ouvre la bouche pour parler, pour essayer de convaincre la jeune fille de le laisser l'accompagner. Mais celle-ci ne lui en laisse pas le temps. Elle comprend ce qui se passe dans sa tête, mais elle connaît un bon moyen pour le faire changer d'avis…

– Attends-moi, lui dit-elle en se levant.

Tila s'approche d'un cocotier et, sous l'œil admiratif et reconnaissant de son nouvel ami, elle entreprend de l'escalader. Cela n'est pas chose aisée, car le tronc de cet arbre de la famille des palmiers est très droit, très haut et n'a pas d'aspérités permettant à celui qui le grimpe de s'accrocher avec les mains ou de se caler les pieds. Il faut donc plaquer la plante de ses pieds de chaque côté du tronc et encercler ce dernier avec ses bras. Ainsi, on se retient avec les mains pendant qu'on monte les pieds, et avec les pieds pendant qu'on monte les mains. Le corps doit rester à l'écart du tronc de façon à ce que son poids repose un coup sur les pieds, un coup sur les mains. Si l'ascension est périlleuse, la descente l'est encore plus. Il faut dire que le cocotier peut atteindre une hauteur de trente mètres.

Le souffle court et le cœur serré par l'appréhension, le tchou regarde la jeune fille grimper avec une surprenante agilité jusqu'aux immenses feuilles en forme de plumes qui couronnent le cocotier. Une fois là, Tila cale bien ses pieds sur une palme et sort son canif de sa poche. Elle jette un coup d'œil en bas et voit le tchou qui, le nez en l'air, ne la quitte pas des yeux.

« Heureusement que je suis en pantalon ! » se dit-elle.

Elle sourit en se rappelant un proverbe que lui a déjà cité son oncle Kalidou : « Plus le singe grimpe au cocotier, plus on voit son derrière. »

Avant de commencer à couper les fruits, Tila crie au petit bonhomme :

– Attention la tête !

Les unes après les autres, onze noix de coco tombent lourdement sur le sol. Lah est si ébahi, si émerveillé par cette manne qu'il en oublie sa peur de voir Tila tomber. Fou de joie, l'œil brillant de gourmandise, il sautille en tapant des mains autour de son trésor.

Pendant ce temps, en haut de l'arbre, Tila taille les **pétioles** de deux feuilles qui finissent

---

Les **pétioles** relient les feuilles au tronc.

par atterrir à leur tour sur l'herbe. Ensuite, elle redescend en prenant bien son temps, histoire de ne pas faire le moindre faux mouvement.

– Merci ! Merci ! Je t'adore ! crie Lah qui n'en revient toujours pas et qui continue à faire des bonds comme s'il avait avalé un ressort.

– Tu veux une noix de coco tout de suite ? lui propose Tila aussitôt que ses pieds sont revenus sur le sol.

– Je brûle d'envie d'en manger une, répond-il en louchant sur ces fruits qu'il aime tant, mais j'aimerais être au village pour pouvoir les partager avec les autres…

– C'est tout à ton honneur, mon ami.

– Mais je ne pourrai jamais ramener toutes ces noix de coco tout seul…

– J'ai pris dix noix de coco pour toi et une pour moi. Tu vas voir, je vais te montrer comment tu vas les transporter.

Tila prend les deux palmes et les taille de façon à ce que les **folioles** soient toutes à peu près de la même longueur, puis elle les tire jusqu'au tronc cassé où le tchou et elle étaient assis un instant plus tôt. Elle se met à califourchon au bout et pose les deux pétioles côte à côte sur ses genoux.

---

Les **folioles** sont les petites feuilles qui forment les feuilles composées, comme celles du trèfle et du palmier.

– Donne-moi le bout de corde que tu as autour de la taille, ordonne-t-elle à Lah.

– Tu veux ma ceinture ?! s'indigne ce dernier, l'air tout désappointé. Mais je vais avoir l'air d'un sac si ma robe tombe tout droit !

· – Ah, très bien, c'est comme tu veux ! fait Tila en réprimant un fou rire. Alors, on va laisser les noix de coco ici… Je suis sûre que quelqu'un sera content de les trouver…

Il ne faut pas plus de cinq secondes au petit bonhomme pour détacher la corde de chanvre qui lui sert de ceinture et la mettre dans la main de Tila. Celle-ci la prend sans dire un mot, se contentant de le regarder de la tête aux pieds avec un sourire moqueur, car, en effet, sans la ceinture, sa robe fait un peu sac.

Tila reprend les pétioles dans sa main et les lie avec la corde. Une fois les axes centraux des deux feuilles réunis, elle se met à tresser ensemble les folioles de la partie droite de la première feuille et celles de la partie gauche de la deuxième feuille. Elle fait cela avec une adresse et une rapidité qui impressionnent grandement son tout petit ami, comme en témoignent les sifflements d'admiration qu'il émet à intervalles réguliers.

Lorsque leurs folioles sont ainsi assemblées, les deux demi-feuilles forment une plateforme rigide et résistante sur laquelle Lah peut poser ses dix noix de coco. Tila a même pris soin de serrer davantage les folioles du bout de manière à ce qu'elles fassent un petit rebord pour retenir les fruits.

– Regarde, dit-elle à Lah, tu n'as qu'à prendre le bout de la corde, juste là, et, comme ça, tu peux tirer tes noix de coco jusqu'à ton village.

– Je... je ne sais pas quoi dire..., souffle le petit bonhomme. C'est... c'est... fa... fa... fabuleux !

« Waouh ! quel exploit ! jubile intérieurement Tila. J'ai réussi à faire perdre ses mots à ce tchou pourtant si volubile !... »

– Lah, écoute-moi bien... Je ne peux rien te promettre parce que je suis en terrain trop inconnu pour promettre quoi que ce soit, mais...

– On est toujours en terrain trop inconnu pour promettre quoi que ce soit, l'interrompt Lah, montrant que, malgré toutes ces émotions, il ne perd pas le nord. La vie est un terrain inconnu, et on ne peut jamais savoir ce qui va se passer dans la seconde qui suit, où le souffle de la vie va nous envoyer... peut-être à la mort qui est la fin naturelle du cycle.

– C'est vrai..., reconnaît Tila. Alors, je vais dire ça autrement : si le souffle de la vie me le permet, je me ferai un plaisir d'aller te voir dans ton village quand je vais repasser.

– Ça me fera drôlement plaisir aussi de te revoir et de te présenter aux membres de ma famille et à mes amis, affirme le tchou, ému. Je suis fier d'avoir une amie comme toi. Tu es une fille bien, tu sais.

Tila se demande si elle n'est pas en train de devenir folle. Depuis qu'elle a quitté Lah qui est reparti en sens inverse avec ses dix noix de coco, des voix ne cessent de résonner dans sa tête.

– *Comme cette fille est grande!*

– *Oui! Incroyable! C'est une géante!*

– *Tu l'avais déjà vue?*

– *Non, jamais.*

– *Et tu as vu ses cheveux?!*

– *Oui, ils sont étranges… On dirait une méduse.*

– *C'est vrai! Mais regarde bien, il y a un tentacule qui est décoré avec des coquillages et des petites boules: une verte, une jaune et une rouge.*

Cette discussion, Tila l'a déjà entendue plusieurs fois dans la dernière heure, avec toutes sortes de variantes. Encore une fois, elle regarde attentivement autour d'elle pour essayer d'en découvrir la provenance. Qui parle ainsi? Ces deux insectes avec une grosse tête, là, sur le tronc de cet arbre ? Ces deux papillons rouges à pois verts qui voltigent non loin du chemin où elle marche ? Ou alors ces deux énormes oiseaux bleu et jaune qui, posés sur une branche, piaillent gaiement, la tête tournée vers elle ?

– *Tu ne trouves pas qu'elle ressemble un peu au géant qui est passé l'autre fois ? Tu sais, celui qui tenait dans sa main ce drôle d'objet tout blanc et tout plat...*

– *Ça s'appelle une enveloppe.*

– *Comment tu le sais ?*

– *C'est un tchou qui me l'a dit. Mais ce géant dont tu parles avait la peau et les cheveux beaucoup plus clairs, non ?*

– *Oui, mais je ne sais pas... Il y a quelque chose de semblable dans l'expression du visage, dans la façon de marcher... Regarde comment elle passe son poignet sur son front. Le géant blanc faisait exactement le même geste.*

– *Je n'ai pas remarqué...*

– *Tu ne vois jamais rien...*

– *Oh ! ça va, hein ?! Si je ne voyais rien, je ne rapporterais pas tant de bonne nourriture à nos petits et ils ne seraient pas en si bonne santé !*

– *Ah ! parce que, moi, je ne leur rapporte rien peut-être ?!*

– *Si tu passais moins de temps à voler par-ci par-là avec tes copains, tu pourrais leur en rapporter davantage! J'aurais moins de travail!*

*– C'est ça! Comme ça, tu pourrais passer encore plus de temps à jacasser avec tes amies! C'est pour ça que je suis obligé d'aller plus loin, pour NE PLUS VOUS ENTENDRE!!!*

*– Ah, tiens! je croyais que c'était pour aller voir la grosse gnasse qui habite en bas de la montagne!*

Tila s'est arrêtée pour observer les deux gros oiseaux bleu et jaune qui piaillent maintenant très fort. On dirait vraiment qu'ils se querellent. Histoire d'en avoir le cœur net, elle leur ordonne mentalement:

*– Arrêtez! Vous me cassez les oreilles!*

Les deux oiseaux font une espèce de «couic» d'étonnement, la tête légèrement penchée sur le côté. C'était bien eux que Tila entendait parler, car leur discussion a cessé net. Mais, maintenant que son esprit n'est plus occupé à les écouter, d'autres prennent la place.

*– Eh! regarde cette étrange créature!*

*– Je n'ai jamais vu des cheveux comme ça...*

*– Moi non plus. C'est peut-être une gorgone géante...*

*– Tu ne trouves pas qu'elle a les jambes un peu tordues?*

*– Oui! Et son nez, tu as vu, il est tout plat!*

*– Et elle a des grands pieds!*

– LAISSEZ-MOI TRANQUILLE!!! crie Tila.

Puis elle se met à chanter à tue-tête pour ne plus rien entendre.

## 13

Tila s'est assise sur une grosse pierre pour manger sa **noix de coco**. Avec son canif, elle fait un trou rond sur le dessus du fruit, du côté de la tige, comme on ouvre un œuf à la coque. Cela prend du temps car, pour faire cela, on utilise normalement un couteau plus grand, ou même une machette. Une fois cette ouverture faite, la jeune fille boit l'eau de coco directement dans la coque, puis elle fend en deux cette dernière pour pouvoir manger la pulpe gélatineuse qui y adhère.

« Hum ! que c'est bon ! se dit-elle en se léchant les babines. Même si je ne déteste pas les noix de coco sèches comme les tchous, je préfère de beaucoup les vertes. Et puis, ça a calmé ma faim. Mais comme je suis fatiguée ! Je dois pourtant continuer à marcher. »

---

Les **noix de coco** qui sont encore sur l'arbre ont une écorce verte par-dessus la coque brune et fibreuse que nous trouvons habituellement dans le commerce. Quand le fruit mûrit, cette épaisse couche de fibres ligneuses sèche et la coque devient très dure.

Tila lève la tête vers le ciel. Encore une fois, elle constate avec effarement que le soleil est toujours au même endroit. Elle ne comprend pas comment une telle chose est possible, mais elle doit bien se rendre à l'évidence : depuis qu'elle a débarqué sur l'île de la Destinée, l'astre du jour n'a pas bougé d'un poil…

Dès l'instant où elle a cessé de chanter pour boire l'eau de la noix de coco et pour manger sa chair, Tila s'est remise à entendre les voix qui l'entourent et qui parlent toujours de la même chose : d'elle. Lorsqu'elle n'en écoute pas une en particulier, elles forment un brouhaha plutôt agaçant dans sa tête. Mais soudain une voix se détache des autres, étonnamment claire, cristalline.

– Tu sais ce que je fais, moi, dit-elle, pour ne pas les entendre ?

Effrayée, Tila se retourne d'un bond. Ce qu'elle voit alors la laisse pantoise. Bouche bée, elle regarde la toute petite créature qui vient de lui parler. Comme la première fois qu'elle l'a vue, elle pense pendant deux secondes que c'est un papillon… mais ces ailes dorées… ce minuscule corps de femme qui se cache derrière, vêtu d'une robe faite dans un tissu pourpre léger comme un voile…

– SÉRINA ?!!!

– Est-ce que tu connais d'autres fées de ma taille ?

– Non.

– Alors, bravo ! je suis bien Sérina !

– Mais qu'est-ce que tu fais là ?

– La même chose que toi : je vais au volcan.

– Je n'en reviens pas ! s'exclame Tila qui se remet tranquillement de sa surprise. Je suis si contente de te voir !

– C'est bien ! C'est bien ! fait Sérina d'un ton sec, comme pour mettre fin à son élan d'enthousiasme. Mais ne crois surtout pas que je suis venue ici pour te faire la conversation ! Je n'aime pas trop parler, tu sais.

Tila sourit en regardant la petite fée qui est debout, les bras croisés, l'air grognon, sur une grande feuille bien verte. Sérina est une vieille amie de Mouche. Elles sont allées ensemble à l'Ecbom, qui est l'École des créatures bénéfiques ou maléfiques. Mouche la lui a présentée alors qu'elles se trouvaient dans la forêt, en Dominique, avec Catherine et Gabriel, pour se rendre dans la vallée de la Désolation.

– « Sérina est une brave fille, mais elle a un caractère de chien ! » récite la fée aux ailes dorées en prenant la voix de Mouche. Elle répète ça à tout le monde… Elle a dû te le dire aussi, non ?

– Oui, répond Tila franchement.

– Eh bien, je te le confirme ! Je suis loin d'être une bonne pâte comme Mouche.

– Qu'est-ce que ça veut dire ?

– Que je suis là pour travailler, pas pour m'amuser.

– Il n'y a pas moyen de faire les deux en même temps ?

– Non.

Sérina jette un coup d'œil autour d'elle, puis lance avec impatience :

– Bon ! je ne sais pas ce que tu fais, toi, mais, moi, je me remets en route.

– Moi aussi, dit Tila en se levant. Mais dis donc, tu ne m'as pas dit…

– Quoi ?

– Comment tu fais pour ne pas entendre les voix ?

– Ah oui ! c'est vrai ! s'exclame Sérina en se tapant sur le front avec un demi-sourire. Regarde, je fais comme ça.

Elle avance sa main et claque tout bêtement des doigts. Perplexe, Tila fait la même chose, mais rien ne se passe : elle entend toujours la rumeur des voix dont les propriétaires se demandent à présent à quelle espèce appartient cette créature mi-femme, mi-papillon avec qui la géante aux grands pieds est en train de parler.

– Ça ne marche pas parce que tu n'y mets pas tout ton cœur, explique très sérieusement Sérina. Je ne suis pas là pour répondre aux questions que tu te poses, car il faut que tu y répondes toi-même… Tout ce que je peux te dire, c'est que tu dois trouver l'élément déclencheur. Tu dois bien observer ce qui se passe en toi juste avant que tu n'arrives à faire des choses exceptionnelles comme tout à l'heure avec le glominé…

– Ah! tu étais…

Tila n'a pas le temps de finir sa phrase. Sérina a déjà pris son envol et s'en va à tire-d'aile au-dessus du chemin.

«Hum… c'est vrai qu'elle n'est pas commode, la petite fée! Mais qu'est-ce qu'elle fait sur l'île de la Destinée? Était-elle là avant que j'arrive ou est-ce Mouche qui l'a envoyée ici au cas où j'aurais un problème? Mais si c'est la deuxième solution, alors Sérina était sur le bateau… Oh! j'en ai marre de toutes ces questions sans réponse! Je n'y comprends RIEN!!!»

Tila se remet à marcher d'un pas rageur, donnant des coups de pied dans toutes les pierres qu'elle trouve sur son chemin.

– *Dis donc, elle n'a pas l'air très contente, la géante!*

– *Il faut être dérangé pour taper dans des pierres qui ne nous ont rien fait!*

– *Ça, c'est bien vrai! Pauvres pierres!*

– *Elle est toute rouge! Tu crois que c'est parce qu'elle a chaud ou parce qu'elle va exploser?…*

– JE NE VEUX PLUS VOUS ENTENDRE!!! hurle Tila, excédée, en claquant des doigts.

Elle s'arrête et reste au milieu du chemin, les bras ballants. Il lui faut un moment pour bien comprendre ce qui se passe… Mais oui, c'est bien vrai, elle n'entend plus que les bruits normaux de la nature : le vent dans les branches, les différents chants des oiseaux, les frémissements des plantes et des herbes entre lesquelles se faufilent des rongeurs, les craquements du bois des arbres où grimpent d'autres animaux encore.

Une vague de joie envahit Tila qui reprend sa marche d'un pas beaucoup plus léger. Elle se sent tout à coup apaisée, comme on peut l'être quand on vient de comprendre quelque chose qui nous échappait.

« Mais bien sûr, que je suis bête ! L'élément déclencheur, c'est une émotion très forte. Quand j'étais assise sur les rochers, à Cachacrou, et que je me suis retrouvée comme par enchantement sur le *Joyeux César*, c'est parce que j'ai pensé que ce serait trop horrible si ces pirates partaient sans moi, que ce que je voulais le plus au monde risquait de m'échapper. Face à la tempête ou au glominé, c'est la peur, l'instinct de survie qui ont parlé, mais aussi une puissante volonté de continuer ma route. Même chose quand le bateau était bloqué sur la mer. Et puis, quand j'ai pu communiquer avec Gabriel par l'intermédiaire de ma bague, c'est… c'est l'amour qui m'a guidée… »

Tila entend, dans sa tête, la voix de Sérina qui virevolte plus loin :

– *C'est bien, tu commences à comprendre… Les gens comme Mouche et moi, nous avons des pouvoirs naturels. Toi, c'est ta bague qui te donne ces pouvoirs. Mais tout pouvoir, naturel ou non, doit être d'abord compris, puis maîtrisé, cultivé, travaillé. Rien ne se fait sans volonté ni effort…*

. – *Oui, Sérina, mais…*

Tila n'insiste pas ; elle sait d'instinct que le sujet est clos. Sérina ne veut pas discuter ; elle veut juste la guider sur le chemin de la compréhension.

« C'est peut-être pour ça que je suis ici… pour comprendre ce que je vis depuis que Chliko-Un m'a appris que je suis la Fille des trois terres et que le *Joyeux César* est arrivé dans ma vie. Les événements se sont enchaînés si vite que je n'ai jamais pu réfléchir à ce qui m'arrivait. C'est la première fois que je me retrouve seule assez longtemps pour faire le point. »

Une autre voix, celle du doute, s'insinue dans l'esprit de Tila.

« Mais il y a eu aussi des moments où j'ai eu très peur, où j'ai cru que j'allais mourir… et où je suis restée figée, paralysée, incapable de me défendre. Ç'a été comme ça quand Popokondoe a essayé de me tuer avec ses scolopendres géantes, et aussi quand Riton a voulu me tirer dessus sur le pont du *Joyeux César*, et encore quand le oui-non nous a attaqués dans la grotte de la Gardienne de la mangrove. »

– C'est parce que tu doutes…

De nouveau, Tila sursaute en voyant du coin de l'œil un homme qui marche à sa droite. Son cœur bat à tout rompre, mais elle a l'impression qu'il va s'arrêter tout net lorsqu'elle tourne la tête vers lui et constate qu'il s'agit en fait d'un spectre. Son corps est comme flou, immatériel. On dirait qu'il brille…

« Oui, c'est ça, se dit-elle, c'est un être de lumière… »

Tila sent le sol se dérober sous ses pieds quand elle voit son visage, ses yeux… un visage buriné, mangé par une barbe et une chevelure d'un blanc immaculé… des yeux bleu foncé, pleins de points brillants comme des étoiles… C'est le vieil homme qu'elle a surnommé l'Ermite, celui que Gabriel et elle ont rencontré sur un petit plateau, juste avant d'arriver dans la vallée de la Désolation, et qui s'est littéralement désintégré sous ses yeux quand il a su qu'elle était celle qu'il attendait : la Fille des trois terres.

C'est bien lui qui marche dignement sur le chemin, à côté d'elle, accompagné de ses douze chiens qui le suivent, bien rangés du plus jeune au plus vieux.

« Mais qu'est-ce qu'il se passe sur cette île ?! se demande Tila. On veut éprouver mes nerfs et ma raison ou quoi ? »

Sans se soucier des questions qu'elle peut se poser, sans juger bon de lui expliquer ce qu'il fait ici, l'Ermite continue :

– Tu doutes parce que tu es sous l'emprise d'un sortilège.

– Un sortilège ? répète Tila, hébétée, dépassée par les événements.

– Oui. Il y a deux sortes de sortilèges : ceux que l'on pourrait dire « humains » et les autres, ceux qui relèvent tout simplement de la magie.

– Tout simplement ?

– Oui, tout simplement, car justement ces sortilèges sont tout simples. Il suffit de trouver l'antidote, la parade. Mais les sortilèges humains… ça, Fille des trois terres, c'est bien plus pernicieux, bien plus dommageable. Ça peut paralyser, ça peut rendre muet, ça peut même tuer…

– Je ne comprends pas… Qu'est-ce que c'est, un sortilège humain ?

– Un sortilège humain, c'est celui qu'une personne jette à une autre personne en lui répétant tout le temps quelque chose qui est méchant ou injuste, donc foncièrement négatif. Quand c'est un adulte qui fait ça à un enfant, c'est bien plus grave, car l'enfant est plus perméable, plus sensible. Si, par exemple, tu répètes tous les jours à quelqu'un qu'il est idiot, il y a de fortes chances pour qu'il ait de gros doutes sur son intelligence… Ou encore, si tu lui dis tout le temps qu'il ne vaut rien, même si c'est pour rigoler, eh bien, il va finir par être convaincu qu'il ne vaut rien… Évidemment, là, je ne parle pas de la personne qui s'exclame : « Que tu es bête ! » quand tu dis une bêtise, ou : « Que tu es maladroite ! » quand tu laisses échapper quelque chose, tu comprends ? Je te parle d'une injure répétée à tout propos, pour un oui ou pour un non.

Pour la première fois, le vieil homme tourne son visage rayonnant vers Tila. Il a l'air si bon, si paisible qu'on a envie de poser sa tête sur son épaule.

– C'est le pire des sortilèges, continue-t-il, celui qui fait le plus de mal, qui grignote l'âme jour après jour. Tu n'as jamais connu quelqu'un qui faisait ça ?

Tila a la gorge toute sèche.

– Si, répond-elle, Cimanari fait tout le temps ça…

– Cimanari ?

– C'est le mari de ma mère, l'homme qui m'a élevée.

– Ah… je vois…

– Il dit tout le temps que je suis stupide et laide. Il ne fait jamais ça quand maman est là… Mais quand il est avec ses amis, il me dit toujours des choses méchantes. Il rit comme s'il voulait faire une blague… mais je sais qu'il fait ça pour m'humilier… Et ça marche! Je me sens tellement mal, tellement misérable! Je le déteste quand il fait ça, mais je me sens coupable quand je le déteste… Je me dis que je n'ai pas le droit de détester l'homme qui m'a élevée, nourrie depuis que je suis née. Alors, je pense qu'il a raison, que je ne suis pas une bonne fille… Je n'en ai jamais parlé à personne… même pas à maman… Je ne sais pas… j'ai trop honte… j'ai peur qu'on me dise qu'il a raison, que je suis stupide et laide.

Tila baisse la tête. Ça lui fait mal de penser à ça. Des larmes coulent sur ses joues, des larmes de tristesse, mais aussi de soulagement, car, en même temps, ça lui fait du bien d'en parler. Un mouvement, à sa droite, doux comme un battement d'aile de papillon, lui fait relever et tourner la tête.

Oh non! l'Ermite et ses chiens ont disparu…

Tila se sent si seule, tout à coup, si désemparée! Elle aurait voulu que le vieil homme lui dise quelque chose de réconfortant, qu'il lui assure qu'elle n'est ni stupide ni laide…

Alors qu'elle baisse de nouveau la tête, quelque chose de brillant, par terre, attire son attention. Elle se penche et trouve dans l'herbe, à l'endroit où se trouvait l'Ermite, un petit cœur en or...

On dirait que la forêt devient plus épaisse à mesure que Tila s'y enfonce. Il y a toujours autant d'animaux et d'insectes bizarres, mais aucun ne semble menaçant. Ils se contentent d'observer avec des yeux ronds cette géante aux grands pieds qui traverse leur territoire – et qui, soit dit en passant, a des pieds d'une longueur tout à fait proportionnelle à sa taille. La jeune fille ne les entend plus, mais elle sait ce qu'ils disent. Pour tester son pouvoir, elle a remis le son… l'a coupé de nouveau…

– Ouais ! ça marche ! s'est-elle écriée en tirant la langue à un couple de perroquets perchés sur une branche, l'un à tête de poule et l'autre à tête de coq, ce qui prouve qu'il y a tout de même une logique dans ce bric-à-brac animal.

Le trouble qu'a ressenti Tila durant sa courte conversation avec l'Ermite et la profonde tristesse qui en a résulté se sont estompés pour laisser place à une grande gaieté. La Fille des trois terres ne marche pas ; elle vole ! Légère comme l'air, elle chante à pleins poumons, non plus pour chasser de son esprit les commentaires des créatures qui la regardent passer, mais pour exprimer son allégresse. Elle beugle tout ce qui lui passe par la tête :

> *Cimanari,*
> *Tu ne m'auras plus !*
> *Je ne suis ni plus laide ni plus bête*
> *qu'une autre !*

> *Cimanari*
> *Tu ne m'auras plus !*
> *Je suis même plutôt intelligente et jolie !*

> *Cimanari-ri-ri*
> *Tu n'es pas drôle-le-le*
> *Tu n'es qu'un homme jaloux-ou-ou*
> *Qui n'a jamais supporté-éé-éé*
> *De voir le fruit d'un amour fou-ou-ou*

Tila s'amuse follement. Elle invente des chansons – toutes sur le même thème – qu'elle clame à tue-tête en faisant des pas de danse sur le chemin, et rit toute seule en imaginant les remarques de ses petits spectateurs.

Tout à coup, emportée par son élan, elle doit s'agripper à une branche pour ne pas tomber, car, devant ses pieds, il n'y a plus de chemin…

Si, en fait, le chemin continue, mais de l'autre côté d'une faille large d'un bon mètre.

Sans lâcher la branche, Tila s'approche du trou et se penche un peu pour regarder à l'intérieur. Ce qu'elle voit alors la pétrifie, lui donne des frissons jusqu'à la moelle. On ne voit même pas le fond de la faille, caché par une épaisse fumée rose. Une terrible chaleur s'en dégage, comme si du feu couvait en dessous, si forte que la jeune fille doit reculer. Mais il y a quelque chose de plus terrifiant encore : une espèce de rigole longe chaque côté de la faille, remplie de toutes sortes de bestioles plus répugnantes les unes que les autres : scorpions, araignées, scolopendres, cafards, petits serpents. Ça grouille de partout. Le cœur au bord des lèvres, Tila détourne le regard.

« Tu verras, il y a une ligne qu'ils ne peuvent pas traverser », a écrit l'auteur de la lettre en parlant des tchous.

Pas de doute, c'est ici ! Cette faille est la frontière entre Tchoulande et une terre inconnue. Les tchous sont beaucoup trop petits pour passer. Même s'ils mettaient un tronc ou de longues branches au-dessus du trou pour faire un pont, la chaleur les empêcherait d'aller d'un bord à l'autre. En fait, Tila n'est pas sûre que le bois ne s'embraserait pas tout de suite, tant l'air qui monte de la faille est brûlant. Pour vérifier, elle ramasse une branche morte et la lance de l'autre côté. Le morceau de bois n'a pas le temps d'arriver à destination ; il est calciné avant.

« Et moi, comment je vais faire pour traverser ? » se demande-t-elle.

Certes, ses jambes sont plus longues que celles des tchous ; elle peut sauter par-dessus le trou. Mais son corps va-t-il supporter l'intense chaleur qui en sort ? C'est comme un mur de feu… et personne, songe Tila, ne peut traverser un mur de feu d'une telle largeur.

Entendant un sifflement provenant de l'autre côté du trou, elle lève la tête et scrute les arbres dont les feuilles sont toutes jaunies. Elle finit par apercevoir Sérina qui est assise sur une branche, à une dizaine de pas de la faille. La petite fée lui fait un signe pour l'encourager.

« Je rêve ou elle sourit ? se dit Tila. En tout cas, si elle est passée, je peux passer aussi. Mais comment ? »

Elle se souvient des paroles de Sérina : « Les gens comme Mouche et moi, nous avons des pouvoirs naturels. Toi, c'est ta bague qui te donne ces pouvoirs. »

Tila se sent soudain écrasée par un terrible sentiment d'impuissance. Tout cela lui échappe ; elle possède quelque chose dont elle n'a qu'une connaissance confuse, dont elle ne sait pas se servir. Ces mots résonnent dans sa tête : « Toi, c'est ta bague qui te donne ces pouvoirs.» Peu à peu, une sourde colère monte en elle. Alors, elle crie à la petite fée qui, lui semble-t-il, sourit encore davantage :

– Vous, vous avez appris à les utiliser, vos pouvoirs ! Je suppose que c'est pour ça que vous êtes allées dans cette école. Mais, moi, je ne sais rien et personne ne me dit rien ! Débrouille-toi ! Mais comment peut-on décider de faire quelque chose quand on ne sait pas qu'on peut le faire ? Comment est-ce que je pourrais décider d'utiliser la clef qui est dans ma poche si je ne sais pas que j'ai une clef dans la poche ?

Sérina hausse les épaules en avançant les lèvres.

– La confiance, Fille des trois terres… C'est la confiance ! La foi en toi-même et en la vie ! Écoute ton cœur au lieu de te poser des questions sans réponse.

– Oui, mais…

Trop tard ! La fée aux ailes dorées a disparu…

– C'est vraiment ça, hein ? grogne Tila. Débrouille-toi !

– Débrouille-toooooooiiiiiiiiiiii…

La jeune fille frissonne en entendant ces mots qui résonnent de partout dans la forêt, comme si mille voix s'en faisaient l'écho. Découragée, elle se laisse tomber sur une souche. Ses yeux se remplissent d'eau.

« Je deviens folle… », songe-t-elle en prenant sa tête dans ses mains.

Trop de mots et d'images s'y bousculent.

« Tu es la fille la plus bête que j'ai jamais vue ! » dit Cimanari.

« C'est parce que tu doutes », affirme l'Ermite.

« Tu es une fille bien, tu sais », assure Lah.

« Elle est encore mieux que tout ce qu'on aurait pu imaginer de bien », déclare Henri Parzet.

« Je suis très fière d'avoir une amie comme toi. Tu es si courageuse ! » s'exclame Aya.

« Peut-être que tu te sous-estimes », fait Kalidou.

« Tu as l'air d'un balai ! » se moque encore Cimanari.

« C'est le pire des sortilèges », lance l'Ermite.

« Eh, vilain p'tit singe ! » crie le glominé.

« Tu es de plus en plus belle », susurre Jokouani.

« Tu es ma grande sœur », murmure Yayae.

« Je t'aime », souffle Gabriel.

« Tu dois toujours écouter la voix qui parle en toi… celle du cœur, pas celle qui fait du blabla dans notre tête », explique Kalidou.

« Écoute ton cœur », confirme Sérina.

« C'est ta mission en tant que Fille des trois terres », tranche Mouche.

Tila se lève d'un bond. Les bras en croix, la tête rejetée en arrière, elle inspire profondément.

Elle a l'impression que l'air qui ressort de sa bouche vient de son ventre, de tout son corps. Avec lui jaillit un son qui est d'abord un filet de voix, mais qui peu à peu devient un cri.

Ce cri de plus en plus puissant la soulage, comme si en même temps que lui sortait une vieille souffrance. Encore et encore, Tila crie tous ses doutes, toutes ses peurs, toutes les meurtrissures de son jeune et tendre cœur.

Lorsque s'éteint ce cri, il n'y a plus rien dans sa tête, plus de pensées, plus de questions, plus de souvenirs, ni bons ni mauvais. Il n'y a plus de passé, plus de futur, plus de temps. Il ne reste plus que cet air qui entre par sa bouche, ce cœur qui bat dans sa poitrine. Il ne reste plus que le présent et une formidable énergie qui bouillonne en elle.

Depuis qu'elle l'a trouvé par terre, Tila tient toujours dans sa main gauche le cœur en or de l'Ermite. Maintenant, elle le serre très fort. Il est tout chaud. Elle a l'impression qu'il bat au même rythme que son propre cœur.

D'autres mots de Kalidou lui reviennent en mémoire : « Nous ne sommes qu'un. Nous sommes les différentes parties d'un même grand corps… »

Alors, Tila comprend que tous les gens qu'elle aime sont là en ce moment avec elle. Ils sont sa force et son courage. Ils sont dans son cœur ; ils sont son cœur.

« C'est la confiance ! a dit Sérina. La foi en toi-même et en la vie. »

Soudain, Tila se sent infiniment reconnaissante de tout ce qu'elle a. Elle lève les bras vers le ciel et crie :

– Merci !

Elle sourit et ajoute humblement :

– Aide-moi !

Aussitôt, Tila entend derrière elle une petite voix qui lui lance d'un ton joyeux :

– Bon ! tu vois, ce n'était pas si difficile, hein ?

Encore une fois, la Fille des trois terres se retourne d'un bond, le cœur battant. Avec stupéfaction, elle voit Sérina assise en tailleur sur un magnifique tapis qui flotte à un bon mètre du sol. Tandis que Tila se demande si sa raison ne s'est pas fait la malle pour de bon, la petite fée retrouve sa voix de colonel pour lui lancer :

– Alors, qu'est-ce que tu attends pour monter ?

Émerveillée, Tila ne sait plus où poser ses yeux. Son regard se promène sur l'extraordinaire paysage qui défile en dessous d'elle, puis revient se repaître de la beauté de ce fabuleux tapis sur lequel elle est assise et qui plane doucement au gré du vent.

– Profite du paysage, lui suggère Sérina qui remarque le va-et-vient que font ses yeux. Le tapis, tu pourras le contempler quand nous serons en bas.

La jeune fille approuve d'un hochement de tête. Malgré la pertinence de ce conseil, son regard a toutefois du mal à se détacher complètement de ce tapis qui l'attire comme un aimant, tant ses motifs sont parfaits ; ses couleurs, inouïes. Il l'hypnotise. Jamais Tila n'a vu quelque chose d'aussi beau, et elle se demande qui a pu réaliser un tel chef-d'œuvre. Paradoxalement, le fait qu'il vole ne l'étonne pas autant, même si elle adore la sensation que cela lui procure, alors que le tapis monte et descend en fonction des courants d'air.

Cependant, autre chose ne tarde pas à capter son attention. Maintenant que le tapis est assez haut pour que Tila voie l'île au complet et la mer qui l'entoure, elle tourne la tête dans tous les sens pour essayer de repérer le *Joyeux César*. Mais force lui est de constater, la gorge serrée, qu'il n'y a rien. À l'infini, le regard ne rencontre que de l'eau. On ne voit aucune terre, alors que la Dominique et la Martinique devraient se trouver là, à l'est de l'île de la Destinée.

– Mais comment est-ce que je vais ressortir d'ici ? murmure Tila.

Sérina ne répond pas ; ce serait bien trop simple ! Elle se contente de secouer la tête d'un air exaspéré.

« Cette fille a une de ces couches de scepticisme ! songe-t-elle. Si tu es passé quelque part pour entrer, il y a forcément un endroit pour ressortir… »

Malgré ce qu'elle vient de vivre et ce qu'elle a vécu plusieurs fois auparavant, Tila n'a toujours pas compris qu'il lui suffit de demander pour recevoir. Elle est encore un peu trop orgueilleuse ; elle a encore du mal à admettre devant quelqu'un qu'elle a besoin d'aide, qu'elle ne sait pas quoi faire. Elle a peur aussi d'embêter ses amis alors que, pourtant, ils se font toujours un plaisir de l'aider quand ils le peuvent. Certains d'entre eux, comme Mouche, Sérina, l'Ermite et bien d'autres, ne sont même là que pour cela.

« Des fois, la compréhension des humains effleure certaines vérités, puis elle s'en éloigne de nouveau, pense encore Sérina. L'expérience est le meilleur apprentissage. Si l'enfant met ses doigts dans le feu, il comprend tout de suite qu'il ne doit plus le faire parce que ça brûle. Mais il y a des situations où l'orgueil prend beaucoup de place et, alors, il faut plus de temps, il faut se faire mal plusieurs fois avant de comprendre. Parfois ça prend toute une vie, parfois ce n'est même pas assez. Mais, dans le cas de la Fille des trois terres, nous n'avons pas tant de temps. Il faut qu'elle comprenne vite… même si elle doit souffrir… »

Sans regarder Tila qui, elle, la regarde comme si elle attendait quelque chose, la petite fée lisse le tissu de sa robe avec sa main, puis se met à siffloter d'un air blasé. Pour elle qui a fait plusieurs fois le tour de la planète, par tous les moyens de locomotion, ce paysage n'a rien de nouveau et, si elle a fait monter le tapis volant si haut, c'est seulement pour faire découvrir à sa jeune compagne une nouvelle perspective des choses…

Sérina sourit dans son for intérieur. Une idée folle vient de se pointer gaiement dans sa tête.

« Tiens ! et si, par la même occasion, je lui faisais découvrir de nouvelles sensations ?… »

– ACCROCHE-TOI!!! lance-t-elle à la Fille des trois terres en relevant les deux côtés du tapis.

Tila ne se le fait pas dire deux fois alors qu'elle sent la vitesse du tapis augmenter dangereusement. Agrippée à deux mains, elle hurle de peur alors que le tapis monte et descend à vive allure, fait des boucles par-ci, des boucles par-là.

– ARRÊTE!!! crie-t-elle à Sérina.

Trouvant enfin la balade excitante, la petite fée rit aux éclats. Bien sûr, elle ne prend aucun risque, faisant en sorte que le tapis reste toujours dans le même sens, même s'il est parfois fort incliné. En fait, si jamais Tila tombait, Sérina aurait vite fait de la récupérer plus bas, mais elle ne veut pas non plus lui faire faire une crise cardiaque. Déjà, là, la pauvre fille n'en est pas loin! Son teint tire nettement sur le vert, surtout quand sa tortionnaire la fait passer à toute allure au-dessus du volcan encore fumant.

– Mais tu es folle ou quoi?!! s'égosille Tila, furieuse, quand enfin le tapis reprend une vitesse normale.

– Tu n'as pas aimé? demande innocemment Sérina.

– J'ai détesté! Tu le sais très bien!

– Si on ne peut plus s'amuser un peu…, fait la fée en haussant les épaules.

– Je croyais que tu ne t'amusais jamais pendant le travail…

– Oui, mais justement c'était ma pause. On a droit à cinq minutes par heure, tu sais !

Tila la regarde avec des yeux ronds. Comme Mouche, Sérina dit parfois des choses qui lui sont totalement incompréhensibles.

Après avoir fait un grand détour pour ne pas passer au-dessus de la faille qui coupe l'île de la Destinée en deux, Sérina a fait atterrir le tapis de l'autre côté, juste en face de l'endroit où la Fille des trois terres se trouvait quand elle est venue la chercher.

– Merci ! dit cette dernière en descendant, les jambes encore tremblantes, mais sans rancune. Tu m'as rendu un grand service. Je ne sais vraiment pas comment j'aurais pu traverser cette faille si tu n'avais pas été là…

– Tu as demandé de l'aide, tu l'as reçue…, répond lentement la fée en la regardant droit dans les yeux, espérant qu'elle retiendra ces mots et y réfléchira.

Mais, pour l'instant, Tila n'a pas la tête à réfléchir.

– Maintenant je peux regarder cette merveille ? demande-t-elle en montrant le tapis.

– Oui, bien sûr ! C'est un prince turc qui m'a offert ce tapis de soie. Il était fou de moi et voulait que nous partions ensemble à l'autre bout du monde. Ah ! j'y suis partie, à l'autre bout du monde, mais toute seule ! Comme si j'avais du temps à perdre avec ce genre de futilités !

Tila sourit. Des futilités comme celles-là, la petite fée a dû en connaître pas mal ! Elle est tellement belle avec ses grands yeux verts pailletés d'or, ses longs cheveux châtain clair qui arrivent jusqu'en bas de son dos si délicat.

– Regarde, reprend Sérina, si tu te mets de ce côté, tu vas voir que le tapis n'a pas exactement les mêmes couleurs que si tu te mets de l'autre côté.

Aussi impressionnée qu'éblouie, Tila fait plusieurs fois le tour du tapis.

– J'aimerais aller un jour dans les pays où on fabrique des choses aussi belles, déclare-t-elle.

Avec un petit bâton, Sérina trace sur le sol une carte grossière de la Terre pour lui montrer où se trouve à peu près le Moyen-Orient. Puis elle lève un regard agacé vers la jeune fille qui, depuis qu'elles sont descendues du tapis, n'arrête pas de faire une drôle de danse, s'appuyant sur un pied puis sur l'autre, les épaules un peu courbées vers l'avant.

– Mais pourquoi, lui lance-t-elle, ne vas-tu pas faire pipi?

Tila rougit, mais s'empresse de pivoter sur ses talons pour aller se cacher derrière un gros arbre.

– Oh non! soupire-t-elle lorsqu'elle revient.

La petite fée et son tapis de soie ne sont plus là…

Affamée et épuisée, Tila regarde autour d'elle avec découragement. Le paysage est le même que de l'autre côté de la faille. Le chemin s'enfonce dans une forêt en tout point semblable à celle que la jeune fille a traversée pour venir jusque-là, du moins à première vue.

« J'espère que je vais vite trouver quelque chose à boire et à me mettre sous la dent! songe-t-elle. J'ai tellement soif et faim! Il fait si chaud, en plus, ici! »

Après avoir jeté un dernier regard à la terrible crevasse et au monde des tchous, Tila commence à marcher, d'un pas lourd, sur le chemin. Alors qu'elle a parcouru une dizaine de mètres, elle s'arrête. Quelque chose dans le décor qu'elle a sous les yeux lui semble curieux, mais elle n'arrive pas à déterminer de quoi il s'agit. Profondément mal à l'aise, elle continue d'avancer en plissant les yeux pour essayer de trouver ce qui cloche. L'atmosphère est étrange, oppressante, et puis on dirait que le fond du paysage est plat…

Plus Tila marche, plus cette impression se confirme. Intriguée, elle presse le pas. Mais soudain elle ne peut plus avancer. Il y a devant elle un mur qui semble sans fin, autant en hauteur qu'en largeur. Abasourdie, elle le touche du bout des doigts pour s'assurer qu'elle n'est pas victime d'une hallucination.

« Incroyable ! se dit-elle. C'est tellement bien fait ! »

C'est que, sur ce mur, un paysage est peint en trompe-l'œil. Tout est là : le sentier qui passe au milieu de la luxuriante végétation, les petites montagnes sur le côté, le volcan au fond, et puis le ciel bleu entre les arbres et au-dessus, sans la moindre démarcation avec le vrai ciel qu'il doit pourtant bien rejoindre à un moment donné. C'est cette extraordinaire peinture qui donne l'illusion, quand on commence à marcher sur le chemin, que celui-ci s'enfonce dans une grande forêt, alors qu'en réalité il s'arrête là, à une centaine de pas à peine de la faille.

« Non, c'est pas vrai ! un autre problème ! grogne Tila intérieurement. Mais comment je passe, moi ?! Sérina, où es-tu ?! »

Elle sent la panique l'envahir tandis qu'elle comprend que ce bout de terre est en fait un no man's land entre la faille et le mur. Affolée, elle tape sur ce dernier avec ses poings. Mais il est solide ; elle n'a pas la moindre chance de passer au travers.

« Je suis prisonnière ! Je n'arrive pas à le croire ! Comment c'est possible ? ! J'aurais dû voir ce mur depuis le ciel quand j'étais sur le tapis volant… Mais il n'y avait rien, j'en suis sûre ! La forêt continuait loin après la faille. On dirait que, sur cette île, tout n'est qu'illusion… »

Cette fois, cependant, la Fille des trois terres ne se laisse pas submerger par le découragement.

« En fin de compte, il y a toujours une solution, pense-t-elle avec une confiance qui l'étonne elle-même. Je dois la trouver ! Je ne veux pas mourir ici, desséchée comme une vieille peau de banane ! Mais attends… il me semble que… »

Tila observe attentivement tout ce qui l'entoure. Un frisson de terreur lui traverse le corps de haut en bas et de bas en haut. C'est bien ce qui lui semblait : dans cette partie de la forêt, entre la faille et le mur, il n'y a pas un seul animal, pas un seul insecte. On n'entend pas un seul bruit non plus, même pas le souffle du vent dans les arbres. Lorsqu'on en prend conscience, ce silence est terrifiant, mortel.

– Il faut que je sorte de là ! se dit Tila à voix haute, d'un air impérieux. Et VITE !!!

Elle se met à marcher en crabe devant le mur en le tâtant avec ses deux mains pour essayer de trouver une ouverture. Au bout de cinq ou six mètres, en regardant ce mur qui s'étend à perte de vue à gauche comme à droite, elle doit bien admettre que cela n'a pas beaucoup de sens. La solution est ailleurs. Écoutant son intuition, la Fille des trois terres revient au chemin.

« Je ne sais pas pourquoi, mais je suis sûre que c'est là que ça se passe, songe-t-elle en s'asseyant sur une souche. Au lieu de m'énerver et de m'agiter, je dois me concentrer... Je dois comprendre ce qui se passe quand je suis dans une mauvaise posture et qu'un miracle se produit. Oui, l'élément déclencheur est une grande peur ou une émotion très forte, mais après il y a autre chose... »

Tila prend de profondes et régulières respirations pour faire le silence dans sa tête. Tous les mots, toutes les questions en sortent peu à peu, la laissant étonnamment calme, sereine. Alors, des images, des scènes se mettent à défiler. La jeune fille revoit les situations où ses pouvoirs ont fini par se manifester.

Tout à coup, une phrase que lui a dite Kalidou s'impose à son esprit : « Peut-être que tu te sous-estimes, ou encore que tu sous-estimes les forces qui te protègent... »

Puis les paroles de Sérina : « Tu as demandé de l'aide, tu l'as reçue. »

Des larmes se mettent à couler sur les joues de Tila. Ce sont des larmes de tristesse et de soulagement, devenant des sanglots qui lui secouent les épaules. Elle se sent à la fois petite et grande, fragile et forte.

La Fille des trois terres ferme les yeux et prend encore une grande inspiration. Un vide. Une lumière. Une grande joie. Et puis, deux mots qui sortent de sa bouche comme un souffle :

– Aide-moi !

Cette fois, ils ne sont pas qu'un appel du cœur, crié ou muet ; Tila a totalement conscience de leur immense portée…

# 16

Quand elle rouvre les yeux, la Fille des trois terres les referme aussitôt, les ouvre de nouveau, les frotte… Pourtant, non, elle n'est pas en train de rêver. Il y a bien une étroite porte dans le mur, entre deux faux arbres, à cinq ou six pas du chemin, mais du côté opposé à celui où elle avait commencé à marcher.

Tila se lève d'un bond, se précipite vers la porte et en palpe le bois, comme si elle voulait se convaincre de son existence. Est-il possible qu'elle ne l'ait pas vue auparavant ? Cela lui semble peu probable, même en tenant compte de la fatigue et de l'énervement.

La porte est lisse, sans serrure ni poignée. Mais, sous ses doigts, Tila sent une toute petite bosse, parfaitement ronde, puis une autre, en dessous, et encore une autre. Ce motif fait un drôle d'écho en elle, comme s'il lui rappelait quelque chose. Une image se présente à son esprit…

– Non ?!…

La jeune fille caresse les petites bosses, puis avance sa tête pour les regarder de plus près.

– SI!!! fait-elle, hébétée, les yeux écarquillés, en se mordant la lèvre inférieure.

Autour des trois petits cercles, il y a bel et bien un serpent sculpté. Ce dessin est exactement le même que celui qui orne la bague de la Fille des trois terres, celle que lui a offerte Chliko-Un de la part de Maître Boa. Selon la Gardienne de la mangrove, elle a été fabriquée, à la demande de ce dernier, par le Grand Orfèvre en collaboration avec la Magistrale Magicienne.

La seule différence qu'il y a entre le motif qui figure sur la porte et celui qu'on peut voir sur la bague, c'est que le premier est sculpté en relief alors que le deuxième est sculpté en creux.

« Ça donne envie de les emboîter l'un dans l'autre…, se dit Tila en avançant son poing fermé vers la porte. Mais ne me dis pas que… »

Eh si!

Tila se réjouit en entendant un « clic ».

C'est effectivement ce qu'elle devait faire pour actionner le mécanisme d'ouverture! Mais pas celui de la porte… celui de la trappe sur laquelle sont posés ses deux pieds.

– AAAAAAAAAAAHHHHHHH!!! crie-t-elle en tombant dans le vide avec la très désagréable impression qu'elle va se casser en mille morceaux en arrivant en bas.

Heureusement pour elle, ce n'est pas ce qui se produit. Elle atterrit sur quelque chose qui lui fait penser à une épaisse couche de coton. Elle ne peut le vérifier, car il fait complètement noir à l'intérieur de cette espèce de boyau dans lequel elle est tombée. En continuant à hurler à pleins poumons, elle glisse encore et encore comme si elle était dans un interminable toboggan, partant un coup à droite, un coup à gauche, mais toujours et inexorablement vers le bas.

Tila voit soudain une lueur. Mais elle n'est plus sûre de rien. Est-ce que c'est la lumière du soleil ? ou alors des étoiles ? et pourquoi pas des chandelles allumées par une minuscule fée ou un géant à deux têtes ?

« Au point où j'en suis, se dit-elle, qu'est-ce qui pourrait m'étonner ? ! »

Elle n'est pourtant pas au bout de ses surprises…

Tout à coup, une aveuglante lumière oblige Tila à fermer les yeux, à l'instant même où ses fesses butent contre une surface plate qui lui fait comprendre que la descente est terminée, somme toute sans trop de mal, à part quelques bleus qui ne vont certainement pas manquer d'apparaître par-ci par-là sur son corps. Lorsque ses yeux ont assez papilloté pour s'habituer à la lumière, la jeune fille se relève en se frottant le derrière et voit un paysage totalement différent de celui qu'elle a vu jusqu'à présent sur l'île de la Destinée. Une vaste plaine s'étend devant elle, dominée à l'ouest par le volcan et bordée au fond par des arbres. La végétation y est rare et maigre, brûlée par le soleil et les émanations de soufre. On voit une seule maison, au milieu, avec un arbre à côté.

En levant la tête, la Fille des trois terres constate qu'elle est au pied d'une immense falaise. Il ne fait aucun doute qu'elle arrive d'en haut.

Dans le ciel, le soleil est toujours à la même place.

Alors qu'elle ramène son regard sur la plaine aride, Tila sent une boule monter dans sa gorge. Un terrible sentiment de solitude l'envahit. Elle s'ennuie de sa mère, de Gabriel, de Mouche, de Catherine… bref, de tous les gens qu'elle aime. Quand va-t-elle les revoir? Si encore elle les retrouve un jour…

« Je me demande où est passée Sérina, se dit-elle. Mais, de toute façon, il vaut mieux ne pas compter sur elle quand on n'a pas le moral… On tourne la tête et déjà elle n'est plus là! »

En ce moment, Tila aimerait bien, pourtant, trouver une oreille compatissante… et aussi un compagnon pour marcher avec elle sur cette plaine qui, à première vue, n'a rien de particulièrement invitant.

– Il y a quelqu'un ? lance-t-elle d'une toute petite voix, avec un mélange d'espoir et d'appréhension, car elle ne peut tout de même s'empêcher de craindre que quelque créature étrange n'apparaisse devant elle.

Mais personne ne répond, pas même une fourmi ou un oiseau… car, ici, les animaux et les insectes ont l'air tout à fait normaux, c'est-à-dire semblables à ceux que Tila connaissait avant de débarquer au pays des tchous. Ils vaquent à leurs occupations sans s'occuper d'elle. La jeune fille en ressent même un certain dépit. Elle a l'impression d'être invisible, tout à coup.

« Cette terre est-elle vraiment habitée ? s'interroge-t-elle. À part cette petite maison, là-bas, je ne vois aucune habitation. Et surtout pas de château… »

Tila sait ce qu'est un château, car elle en a vu un sur l'une des nombreuses illustrations de l'almanach que son père a offert à sa mère avant sa naissance. Elle sourit en pensant à ce livre qu'elle a mille fois feuilleté, mais toujours sous la haute surveillance d'Aïsha qui veut bien prêter son trésor à ses enfants, mais ne surtout pas prendre le risque d'en voir un l'abîmer. Les règles sont strictes et incontournables : se laver les mains bien comme il faut avant de le toucher – inspection garantie –, tourner les pages lentement pour ne pas les déchirer et, évidemment,

évidemment, ne pas écrire dessus avec un des crayons que Kalidou ramène parfois de ses marchandages avec les gens des bateaux, à Roseau ou à Portsmouth.

Ces pensées rendent Tila encore plus nostalgique. Elle donnerait cher, en ce moment, pour pouvoir se blottir dans les bras affectueux de sa mère.

« Allez, courage ! se dit-elle. J'ai du mal à imaginer un château sur cette terre. Mais, ici, tout est possible ! Peut-être qu'il est caché par le volcan. De toute façon, il n'y a pas moyen de faire demi-tour… Alors, en avant ! »

C'est ainsi qu'elle se met en route sur la grande plaine de l'île de la Destinée. La marche est difficile. La Fille des trois terres est si épuisée et si affamée que ses jambes ont du mal à la soutenir. Elle doit faire un effort colossal pour mettre un pied devant l'autre. C'est d'autant plus pénible qu'il fait horriblement chaud sur cette terre sans arbres et à proximité de ce volcan qui a le feu au ventre.

Tila a la bouche sèche, la peau trempée de sueur. Si elle a une conscience aiguë de chaque centimètre carré de son corps douloureux, le paysage autour d'elle lui semble complètement irréel, impression amplifiée par l'immobilité du soleil. On dirait que le temps s'est arrêté. Heureusement qu'il y a cette petite maison et cet arbre, au milieu de la plaine ; cela lui donne un objectif concret, un point à atteindre. Elle les fixe comme un phare dans la nuit, mais en se disant qu'ils pourraient disparaître n'importe quand…

Cependant, cela ne se produit pas et Tila peut observer, à mesure qu'elle s'en approche, la coquette maisonnette en planches qui détonne dans ce décor. Elle a un toit en paille, des murs blancs, une porte en bois et une petite fenêtre fermée par un volet peint en bleu. À gauche et à droite de la porte, on peut voir deux énormes pots en terre qui contiennent des fleurs que la jeune fille n'a jamais vues, d'un orange éclatant.

C'est avec un indicible soulagement que Tila arrive enfin dans l'ombre bienfaisante de l'arbre.

– Il y a quelqu'un ? demande-t-elle encore, cette fois d'une voix un peu plus forte.

Personne ne répond.

À bout de forces, Tila s'appuie sur le tronc tout lisse et étonnamment frais de l'arbre, et se laisse glisser pour s'asseoir par terre. Comme ça fait du bien ! Elle reprend un peu son souffle, mais la curiosité l'oblige bientôt à se relever, car elle n'a jamais vu un arbre pareil.

Ses feuilles sont d'un beau vert tendre, comme celles qui poussent au printemps dans les pays tempérés. Elles sont composées de cinq folioles rappelant un peu des doigts. Cependant, il y a plus surprenant encore : ses fruits. Semblable à une **calebasse**, mais de couleur pêche, chacun a la forme d'une mamelle avec deux bouts, comme celle de la brebis.

Timidement, Tila approche sa main pour en toucher un. Lorsque les bouts de ses doigts entrent en contact avec le fruit, elle les retire à toute vitesse en retenant son souffle, car elle a eu la nette sensation que l'arbre avait frémi...

« Le soleil te tape vraiment sur la tête, ma pauvre fille ! songe-t-elle aussitôt. Tu as déjà vu un arbre qui réagit quand on le touche ?... »

La Fille des trois terres avance de nouveau sa main vers ce fruit si tentant. Sa peau a l'air tellement douce ! Et elle a tellement faim ! Mais, encore une fois, elle interrompt son geste, car une goutte de liquide blanc se forme au bout d'une des protubérances en forme de tétine.

– C'est pas vrai... C'est du lait ! s'écrie-t-elle.

Alors, elle dit à l'arbre, car elle est sûre à présent qu'il a réellement frissonné quand elle l'a touché :

– Maman-arbre, je t'en prie, nourris-moi, j'ai si faim ! Je n'ai plus de forces et ma langue est sèche comme la peau de l'iguane en plein soleil !

---

Issue d'un grand arbre tropical appelé « calebassier », la **calebasse** est un gros fruit vert, tout rond, qui n'est pas comestible.

Papa Pi lui a déjà montré comment traire la chèvre que Kalidou lui a offerte, en même temps qu'un gros bouc qui sent très mauvais, gains d'un autre de ses nombreux trocs. Aussi, Tila prend les deux bouts de la mamelle dans ses mains, met sa bouche en dessous et boit avidement le lait qui coule parfois goutte à goutte, parfois à grands traits, mais toujours bien chaud.

« Que c'est bon ! » ne cesse de se répéter la Fille des trois terres qui commence à sentir un peu de force revenir en elle.

Lorsqu'un fruit-mamelle est vide, elle en prend un autre. Une fois rassasiée, elle caresse affectueusement le tronc de l'arbre à lait.

– Merci, dit-elle simplement. Tu m'as redonné la vie.

Maintenant que son ventre est plein de ce lait à la fois si nourrissant et si lénifiant, Tila n'a plus qu'une envie : dormir. D'une démarche toute molle, elle s'approche de la petite maison. Lorsqu'elle arrive devant la porte, elle se penche pour observer les magnifiques fleurs qui poussent dans les pots, de chaque côté. Elle remarque alors une chose fort étrange : la terre est humide, comme si elle avait été arrosée récemment.

Quelqu'un habite-t-il ici ?

D'une main tremblante, le souffle court, Tila frappe à la porte, d'abord timidement, puis plus fort. Comme il n'y a pas de réponse, elle tourne la poignée et pousse lentement la porte de bois qui craque comme le plancher d'une vieille maison hantée. L'estomac noué par la peur, elle avance un pied, puis l'autre, et enfin la tête pour balayer du regard la petite pièce éclairée seulement par la lumière du soleil qui entre par la porte.

Tila pousse un long soupir de soulagement: ouf! personne ne l'attend avec un grand couteau comme elle se l'est imaginé pendant quelques secondes. Par mesure de précaution, elle jette un coup d'œil derrière la porte et sous le lit pour voir si quelqu'un ne s'y cacherait pas, vérifiant par la même occasion s'il n'y aurait pas une trappe dans le sol comme dans la cabane qu'Émile Berland a baptisée « le **Trou du diable**», dans le nord de la Dominique.

Cependant, Tila ne voit rien d'autre qu'une ravissante et douillette petite chambre qui ne semble attendre qu'elle. Un lit trône au milieu, avec des draps blancs en coton bien tirés et des oreillers enveloppés dans des taies joliment brodées. De l'autre côté du lit, contre le mur, on peut voir une table en bois sur laquelle est posé un vase en cristal contenant un gros bouquet de fleurs que la Fille des trois terres

---

Voir tome 4, *La Gardienne de la mangrove.*

reconnaît avec étonnement, car elle en a déjà vu dans le jardin de Maïa, la Gardienne de la mangrove. Ce sont des roses rouges, roses, jaunes et blanches. Elles dégagent un délicat parfum qui flotte dans toute la pièce.

Quelqu'un a aussi mis sur la table des victuailles que Tila ne connaît pas : une miche de pain encore chaude, un fromage de chèvre, des olives, une carafe de jus et un plat de porcelaine rempli de fraises, de pêches et de raisins. Devant la fenêtre, où sont accrochés de jolis rideaux de dentelle, il y a une petite table de toilette avec un miroir et une bassine remplie d'eau.

Aussi ébahie qu'émerveillée, Tila observe chaque détail de la pièce. Personne n'habite dans cette petite maison, c'est évident, car il n'y a aucun objet d'utilité courante. Mais quelqu'un l'a préparée comme pour recevoir un invité.

Mais qui est cet invité ?

Elle ?

Tila revient dans l'embrasure de la porte et regarde la grande plaine déserte qui entoure la maisonnette.

Qui d'autre ?

17

La Fille des trois terres se réveille en sur-
saut. A-t-elle rêvé ou a-t-elle vraiment entendu
le galop d'un cheval ? Un hennissement répond
à sa question. Un cheval vient bel et bien de
s'arrêter devant la petite maison. Peut-être
même y en a-t-il deux.

Malgré sa fatigue, car elle a dormi très peu
de temps – c'est du moins l'impression qu'elle
a –, Tila saute du lit et enfile en vitesse ses
vêtements. Son cœur bat la chamade. Elle se
sent horriblement mal à l'aise, tout à coup,
prise en flagrant délit alors qu'elle occupe un
lieu où elle n'a rien à faire, où personne, en fin
de compte, ne l'a expressément invitée. Elle
s'est endormie béate de bonheur et de reconnaissance, ivre de fatigue aussi, et la voilà
maintenant qui se réveille avec un pénible
sentiment de culpabilité.

Quelqu'un frappe à la porte. Tila a si honte
qu'elle voudrait pouvoir se faire aussi petite
qu'une souris. Mais, prenant son courage à
deux mains, elle ouvre. La vision qu'elle a alors

lui arrache un petit cri et la fait reculer d'un pas. Chose curieuse, ses deux visiteurs font exactement la même chose. C'est pourtant eux qui sont d'une laideur sans nom! Mais visiblement ils pensent la même chose qu'elle, car ils font tous les deux une grimace en la regardant.

Leurs cheveux blondasses, comme décolorés par le soleil, sont très courts, tout raides, bien droits tout le tour de leur tête comme des piquants de porcs-épics. Leurs yeux sont d'un jaune pipi, un peu vitreux. À la place du nez et de la bouche, ils ont une espèce de gros bec, mais quand ils l'ouvrent, on distingue une toute petite bouche à l'intérieur, garnie de minuscules dents pointues. Leur peau est verdâtre, striée de lignes qui ressemblent à de minces cicatrices. Le reste de leur corps semble normal. En fait, on n'en voit pas grand-chose car, malgré la chaleur, ils portent des vêtements noirs moulants qui couvrent leurs bras et leurs jambes, mais qui laissent deviner des muscles anormalement développés, et ils ont de grandes bottes en cuir, noires aussi. Dernière chose à signaler: ils sont parfaitement identiques.

– Nous sommes Ho et Nion, déclare l'un d'eux d'une voix de fausset qui fait sourire Tila, tant elle ne correspond pas à son physique. Moi, je suis Ho et, lui, c'est Nion. Nous sommes des arichox.

– Est-ce que tu es bien Tila Lataste? demande Nion de la même voix suraiguë.

Tila a un choc en entendant, pour la première fois de sa vie, ce prénom et ce nom réunis.

– Euh… oui…, répond-elle.

– Tu n'as pas l'air sûre…, fait remarquer Ho.

– Si, bien sûr! assure la jeune fille en s'efforçant de prendre un ton plus ferme.

Nion reprend la parole:

– Alors, Tila Lataste, sur l'ordre du prince Ilian, tu es en état d'arrestation.

– Quoi?! s'écrie Tila. Mais je ne savais pas… J'étais tellement fatiguée… et cette maison était ouverte… et j'avais si faim… On aurait dit que…

– Mais de quoi elle parle? lance Nion en regardant Ho d'un air perplexe.

Ce dernier, comprenant la méprise, explique à Tila:

– Nous ne sommes que d'humbles serviteurs qui exécutons les ordres. Tu n'as pas à te justifier devant nous. Mais sache que cette maison est la tienne. Nous l'avons construite et préparée exprès pour que tu puisses venir t'y restaurer et t'y reposer.

– Ah…, fait Tila, interloquée. Mais alors, qu'est-ce que j'ai fait? Pourquoi voulez-vous m'arrêter?

– Parce que tu as donné des noix de coco vertes à un tchou. C'est formellement interdit.

D'une gentillesse et d'une délicatesse que Tila a aussi du mal à associer avec leur physique, Ho et Nion lui ont laissé le temps de faire sa toilette et de manger avant de partir. Pudiques, ils se sont tournés quand elle a bu un dernier fruit-mamelle. Par contre, sans qu'elle comprenne pourquoi, ils ont insisté pour qu'elle mette sur sa tête et autour de ses cheveux, avant de quitter la petite maison, un grand carré de tissu orange que l'un d'eux avait dans un sac accroché à la selle de son cheval. Puis ils ont chevauché, elle en amazone devant Ho, jusqu'au bout de la plaine.

Ils entrent maintenant dans une forêt si touffue qu'on ne peut distinguer ce qu'il y a de l'autre côté. À tout moment, s'inquiétant de son bien-être et de son confort, Ho demande à Tila si elle est bien assise, si elle n'a pas faim ou soif, si elle n'a pas trop chaud. La jeune fille se trouve bien choyée pour une prisonnière.

Soudain, au détour du chemin apparaît un décor féerique qui la laisse bouche bée. Il y a là, niché entre le flanc du volcan ocre et la mer turquoise, un village au milieu duquel trône un mignon petit château couleur sable. Une haute tour au toit pointu s'élève en son centre, entourée d'autres tours plus étroites et plus basses, mais pas toutes de la même taille. Autour du château, on peut voir de jolies maisonnettes semblables à celle de la grande plaine, mais de couleurs vives. Entre elles, passent des chemins bordés de fleurs multicolores et d'arbres aux branches chargées de fruits appétissants. Par-ci par-là s'étendent des jardins tout fleuris aussi, avec des fontaines d'eau pétillante, des bancs en bois ouvragé, des balançoires, des bassins de calcaire blanc remplis d'eau bouillonnante et dans lesquels tombent de petites chutes.

Ravie par ce décor enchanteur, Tila ne sait plus où donner de la tête tandis que les deux chevaux trottent côte à côte sur la route de terre qui mène au château. Les gens qu'ils croisent la saluent joyeusement. Elle a été très étonnée quand elle a vu, en entrant dans le village, un groupe d'hommes et de femmes en train de tailler les arbustes d'un jardin. Elle s'attendait à rencontrer des créatures semblables à Ho et à Nion, la réaction qu'ils ont eue lorsqu'elle a ouvert la porte de la petite maison lui ayant donné à penser qu'ils n'avaient jamais vu quelqu'un comme elle. Mais, en réalité, c'est la première fois qu'elle voit autant de gens pareils à elle! Hommes, femmes et enfants, tous sont mulâtres. Une seule chose les distingue d'elle : leurs cheveux sont coupés très court ; certains même ont la tête rasée.

Seraient-ce ses longues tresses qui ont effrayé Ho et Nion ? Cela expliquerait pourquoi ils lui ont demandé de les cacher avec le carré de tissu. Les mots d'une des bêtes qu'elle a entendues dans la forêt de Tchoulande lui reviennent à l'esprit : « C'est peut-être une gorgone géante. » Tila ne sait pas ce qu'est une gorgone, mais elle se doute que ce n'est pas forcément la créature la plus sympathique de la terre…

Les deux chevaux s'arrêtent devant le grand escalier extérieur du château. Tila lève la tête pour admirer ce dernier. C'est alors qu'elle voit, se tenant dignement derrière la fenêtre d'une tour, un jeune homme aussi beau que Ho et Nion sont laids. Métis lui aussi, il a un regard intelligent, pénétrant, qui, d'ailleurs, en ce moment précis, est posé sur elle. Il respire la santé et la joie de vivre. Un turban noir entoure sa belle tête.

« Waouh ! comme dirait Mouche, il est canon, celui-là ! pense Tila. Et quelle distinction ! On dirait un prince ! »

Elle doit cependant interrompre son observation afin de prendre la main que Ho lui tend pour l'aider à descendre du cheval. Lorsque, une fois les deux pieds sur le sol, elle relève la tête, le jeune homme n'est plus là.

« Ça doit être un ami de Sérina… », se dit-elle, un brin cynique.

Cinq arichox, répliques exactes de Ho et de Nion, s'approchent de la jeune fille pour la saluer avec déférence. Deux d'entre eux enlèvent les selles des chevaux. Deux autres partent avec les bêtes pour les amener à l'écurie. Le dernier se place derrière Tila que Ho et Nion prennent chacun par un bras. Ils se dirigent non pas vers le grand escalier comme elle l'avait espéré, mais vers la petite tour qui fait le coin du château.

Ho sort de son sac une énorme clef en fer et ouvre l'épaisse porte en bois de la tour. Commence alors l'ascension d'un escalier en colimaçon qui semble sans fin. La Fille des trois terres n'en revient pas. La hauteur de cette tour n'a apparemment aucune commune mesure avec ce qu'elle a vu de l'extérieur. Une autre chose sidère Tila maintenant qu'elle a tout son temps pour observer les murs de la tour. Elle a remarqué, dès qu'elle a aperçu le château, qu'il était couleur sable, mais en fait il *est* en sable…

Lorsqu'enfin s'achève l'escalier, Tila et les trois arichox arrivent devant une autre porte de bois. Cette fois, c'est Nion qui prend dans son sac une grosse clef qu'il glisse dans la serrure. La porte s'ouvre alors sur une petite pièce ronde qui contient uniquement un lit et une petite table en bois, ainsi qu'un minuscule cagibi servant de cabinet d'aisances.

– Nous avions préparé une grande fête et un grand banquet pour t'accueillir, Fille des trois terres, déclare solennellement le troisième arichox dont Tila ne connaît pas le nom. Mais, sur l'île de la Destinée, on ne plaisante pas avec la justice. Tout individu, homme ou femme, enfant ou vieillard, roi ou serviteur, doit expier ses fautes.

– Mais…

– Je ne suis pas ton juge, l'interrompt l'arichox. Ton juge, tu vas le voir bientôt.

Épuisée, Tila n'insiste pas. Elle ne voit plus que le lit. Ce voyage à cheval et l'ascension de cet interminable escalier l'ont achevée.

– Tu veux qu'on t'apporte quelque chose à manger ? lui demande gentiment Ho.

– Non, je ne veux rien, dit Tila d'une voix faible. Je veux juste dormir.

C'est ce qu'elle fait à peine quelques minutes plus tard : elle dort à poings fermés après s'être jetée sur le lit aussitôt que les trois arichox ont quitté la pièce. Curieusement, elle ne ressent aucune inquiétude. Elle convaincra le juge de sa bonne foi. S'il ne veut pas comprendre, elle sortira de ce château par ses propres moyens ! Cette expédition sur l'île de la Destinée a assez duré. Tout ce que veut Tila maintenant, c'est retrouver le *Joyeux César* et ses amis, continuer, d'une part, la mission que lui a confiée Chliko-Un et, d'autre part, le jeu qu'a inventé pour elle son oncle, Joseph Lataste.

« Et qui sait si ces deux routes ne mènent pas au même endroit ?... »

Pour la première fois depuis qu'elle se sait Fille des trois terres, Tila a une totale confiance en elle-même et en ses pouvoirs.

## 18

« Sous le siège de l'homme qui prêche… »

Ces mots se sont présentés à l'esprit de Tila lorsqu'elle a pensé au jeu de Joseph Lataste, avant de s'endormir. Selon ce que ce dernier lui a écrit sur la lettre qui était à l'intérieur de la bouteille qu'elle a trouvée sur l'épave, au fond de la mer, c'est là, « sous le siège de l'homme qui prêche », qu'est caché le deuxième coffret de la course au trésor. Depuis qu'elle en a pris connaissance, la jeune fille se répète souvent ces mots qui lui semblent étrangement familiers, évoquant en elle quelque chose qu'elle connaît, mais qu'elle n'arrive pas à saisir. Mais, tout à coup, alors qu'elle ouvre les yeux, la réponse est là, évidente, comme si ce bout de phrase l'avait accompagnée dans son sommeil et avait enfin trouvé la bonne case dans son cerveau.

« Mais bien sûr, que je suis bête ! Tous ces événements me ramollissent les méninges ! L'homme qui prêche, c'est un prêcheur, évidemment ! Et Le Prêcheur, c'est aussi le nom du village où habitait Catherine en Martinique.

Si je lui avais lu l'énigme, je suis sûre qu'elle aurait fait tout de suite le lien. Je me souviens que quand on était là, Antonin Armagnac m'a raconté que ce village a été nommé comme ça parce que, juste en face, dans la baie, il y a un rocher qui a la forme d'un prédicateur en chaire. Et si c'était là que se trouvait le deuxième coffret?… Sous l'eau… Ça expliquerait pourquoi Joseph Lataste a écrit : "Ne perds pas ton inspiration, car tu auras encore besoin d'air." Oui! oui! je suis certaine que c'est là! »

Ainsi, c'est tout excitée et de fort bonne humeur que Tila se réveille. Se demandant combien de temps elle a dormi, elle se lève et va jeter un coup d'œil par la petite fenêtre, mais cela ne répond pas à sa question, car le soleil n'a toujours pas bougé. Cependant, elle se sent bien reposée. Alors qu'elle regarde des enfants qui jouent dans un jardin, en face du château, il lui semble entendre un cognement répété. Elle se retourne et observe attentivement la petite pièce. Il y a en effet quelqu'un qui frappe, non pas à la porte, mais quelque part derrière le mur.

– Qui est là? lance Tila.

– Je peux ouvrir? demande une voix d'homme.

La jeune fille vérifie sa tenue. Son pantalon est tout sale, mais ça va, elle est présentable.

– Oui, finit-elle par répondre.

Un panneau glisse dans le mur et, entre les deux surfaces de ce dernier, une ouverture carrée se dégage. Tila sursaute en voyant apparaître, derrière une vitre, la tête du beau jeune homme qu'elle a vu à la fenêtre quand elle est arrivée devant le château.

– Bonjour! lui dit-il. Je suis le juge.

– Bonjour! réplique-t-elle en s'efforçant de cacher son étonnement. Je suis Tila.

Le jeune homme sourit.

– Merci de me le confirmer…

Il toussote, puis prend un air très sérieux pour déclarer:

– Tila Lataste, tu es accusée d'avoir donné des noix de coco vertes à un tchou. As-tu quelque chose à dire pour ta défense?

– Je ne suis pas d'ici et c'était la première fois de ma vie que je voyais un tchou… alors comment est-ce que j'aurais pu savoir que je ne pouvais pas lui donner des noix de coco?

– C'est pourtant logique, fait le juge. Si la Nature a voulu que les tchous soient tout petits et que les cocotiers soient très haut, c'est pour une bonne raison…

Il reste silencieux pendant quelques secondes en regardant Tila droit dans les yeux. Visiblement, il attend qu'elle dise quelque chose, mais comme elle ne le fait pas, il reprend:

– La Nature a fait les cocotiers très haut parce qu'elle ne veut pas que les tchous mangent des noix de coco vertes.

De nouveau, le jeune homme se tait, sûr que, cette fois, Tila va demander pourquoi. Cependant, elle s'en garde bien, se contentant de hocher la tête. Alors, il continue :

– La Nature ne veut pas que les tchous mangent des noix de coco vertes parce que ces noix de coco sont différentes de celles qui poussent ailleurs. Leur eau est une drogue. Les tchous le savent très bien et c'est pour ça qu'ils en raffolent… Quand ils en mangent, ils ont des hallucinations, racontent des histoires qui n'ont ni queue ni tête, rient comme des fous, puis dorment pendant plusieurs jours.

– Et qu'est-ce que ça peut te faire ? ne peut s'empêcher de demander Tila.

Une étincelle s'allume dans l'œil du jeune homme, mais il répond très sérieusement :

– En tant que juge, je ne suis pas là pour donner mon avis, mais pour faire appliquer la loi de l'île de la Destinée… Et la loi de l'île de la Destinée dit que nous, humains, n'avons pas le droit de contrarier la Nature parce qu'elle est plus forte que nous et sait ce qu'elle fait. Par conséquent, si la Nature ne veut pas donner de noix de coco vertes aux tchous, que nous soyons d'accord ou non, nous n'avons pas le droit de leur en donner. La Nature voit plus loin que nous qui ne voyons pas plus loin, la plupart du temps, que la satisfaction de nos petits désirs.

Si Tila ne dit rien cette fois, ce n'est pas pour l'embêter, mais parce qu'elle trouve qu'il a tout à fait raison.

– Alors, quelle est ma peine?

À la grande surprise du jeune homme, elle a demandé cela en baissant humblement la tête, comme pour reconnaître sa faute. Pris au dépourvu, il ne sait quoi répondre, car il n'a pas beaucoup d'expérience. Devant son regard interrogateur, il finit par déclarer d'un air un peu embarrassé:

– Euh... eh bien, tu me copieras vingt fois cette phrase: «Je ne donnerai plus de noix de coco vertes à un tchou.»

Sur ces mots, il lui fait un sourire charmant et disparaît...

Tila sourit aussi. Il est trop mignon, ce garçon! Elle ne sait pas grand-chose des juges, car elle ignorait leur existence encore un mois auparavant. Mais, d'après ce que Mouche et d'autres lui en ont dit depuis, elle les voyait tous vieux, laids et méchants... et donnant des sentences beaucoup plus sévères que celle-là!

Quelqu'un frappe à la porte.

– Est-ce que je peux entrer?

C'est un arichox; Tila reconnaît la voix, mais elle serait incapable de dire si c'est Ho, Nion ou un autre, car ils parlent tous exactement de la même façon.

– C'est Ho, ajoute l'arichox, comme pour répondre à son interrogation.

– Bien sûr! fait Tila. Entre!

Ho ouvre la porte. Dans une main, il tient un panier rempli de nourriture; dans l'autre, des feuilles de papier, un crayon et une clochette.

– Quand tu auras fini de purger ta peine, appelle-nous, dit-il en faisant tinter la petite cloche.

– D'accord… mais…

Tila baisse la tête, embarrassée. Elle voudrait lui demander quelque chose, mais elle n'ose pas. Sentant son malaise, Ho prend sa main dans la sienne et la caresse doucement en lui disant avec compassion:

– Mais quoi? Tu as besoin de quelque chose?

– C'est que…

– Vas-y, je t'écoute…

– Tu es tellement gentil!

– Ah! ah! Surtout pour quelqu'un de si laid, hein?

– Oui… c'est vrai, répond franchement Tila avec un grand sourire.

– Allez, dis-moi ce qui te tracasse.

– Eh bien… euh… je sais un peu écrire, maman m'a appris… mais je ne sais pas comment on écrit « Je ne donnerai plus de noix de coco vertes à un tchou »…

– Ah oui… je vois…, répond Ho en prenant un air très sérieux, comme pour lui signifier qu'il comprend bien son problème. Attends, je vais te montrer…

D'une écriture maladroite, la langue un peu sortie, Tila s'est appliquée à recopier vingt fois, sur une feuille de papier, la phrase que Ho a eu la gentillesse d'écrire pour elle sur une autre feuille. Une fois ce travail terminé, elle l'observe fièrement en secouant sa main douloureuse. C'est que jamais elle n'avait écrit autant d'un seul coup !

Comme Ho le lui a demandé, Tila agite la clochette pour l'avertir qu'elle a terminé. Mais alors qu'elle s'attend à ce qu'il frappe à la porte, elle entend de nouveau un cognement dans le mur.

– Oui…, fait-elle, tu peux ouvrir.

Encore une fois, il y a un glissement entre les deux côtés du mur, puis la tête du juge apparaît avec son sourire si communicatif.

– Tu as fini ? lui demande-t-il.

– Oui.

Le jeune homme fait glisser la vitre et tend la main pour prendre la feuille que Tila lui donne. Ses yeux et ses lèvres sourient encore plus lorsqu'il lit la phrase qu'elle a écrite vingt fois : « Je ne doneré plu de nois de coco verte a un tchou. »

– Passe-moi ton crayon, lui dit-il.

Il réécrit la phrase sans fautes et lui redonne la feuille. Toute rouge de confusion, Tila lit à son tour ce qu'il vient d'écrire. Elle n'ose pas lui dire que c'est Ho qui l'a induite en erreur. De toute façon, elle doit bien reconnaître qu'elle n'aurait pas fait mieux.

– Je dois tout recommencer ? l'interroge-t-elle en faisant une grimace comique.

Une lueur d'amusement dans l'œil, le juge déclare, magnanime :

– Allez, ça va pour cette fois ! Tu es libre.

– Libre ? répète Tila avec perplexité en jetant un regard circulaire sur les murs et la grosse porte de bois.

– Mais oui ! Ferme les yeux et compte lentement jusqu'à dix. Et, surtout, n'ouvre pas les yeux avant d'être arrivée à dix… même si tu sens qu'il se passe des choses bizarres autour de toi… Promis ?

– Promis, répond Tila, intriguée par ces mots mystérieux.

– Tu dois me faire totalement confiance, d'accord ?

– D'accord.

Alors, le jeune homme lui fait un clin d'œil et disparaît…

Un… deux… trois… quatre… cinq…

C'est horrible! Après avoir senti le sol bouger sous ses pieds, Tila a maintenant l'impression d'être aspirée par un tourbillon. Elle sent des mouvements d'air et de tissu sur son corps, comme si ses vêtements glissaient sur sa peau. Quelle torture! Elle brûle d'envie d'ouvrir les yeux. Mais non, elle ne peut pas, elle a promis… et elle sait, au plus profond d'elle-même, que ce jeune homme ne peut pas lui faire de mal, qu'elle peut lui faire confiance.

« Sois courageuse, ne cesse-t-elle de se répéter. Tu dois y arriver… »

Six… sept…

On dirait que des mains jouent dans ses cheveux, que d'autres soulèvent ses pieds. Elle sent sur ses orteils un matériau qu'elle ne connaît pas, sur ses bras et sur sa poitrine, quelque chose de froid.

Huit… neuf…

Un parfum délicieusement subtil s'insinue dans ses narines frémissantes.

DIX!!!

– AHHH!!!

Tila n'a pu retenir un cri en ouvrant les yeux. C'est inouï! incroyable! En fait, il n'y a pas de mots pour décrire la stupéfaction qu'elle ressent en voyant autour d'elle une magnifique chambre de style oriental. Cependant, quelque chose la sidère encore plus. C'est sa propre image qu'elle voit dans un grand miroir sur pied qui se trouve devant elle.

D'une beauté à couper le souffle, la Fille des trois terres porte une robe de soie vaporeuse, rouge sang, chamarrée de fils d'or et de pierreries. Un foulard semblable à celui du jeune juge, mais doré, cache ses cheveux qui sont rassemblés sur le dessus de sa tête. Ses pieds sont chaussés de ravissants escarpins, dorés également. Un collier d'émeraudes pend à son cou. Des bracelets d'or ornent ses bras. Elle a l'air d'une princesse.

Mais si Tila est si abasourdie, ce n'est pas uniquement parce qu'elle se retrouve, comme par enchantement, aussi joliment vêtue. C'est aussi et surtout parce qu'elle a déjà vu cette robe. Elle l'a vue dans un rêve avant même que le *Joyeux César* n'arrive dans sa vie. Dans ce songe, elle portait aussi la grosse bague en or que Chliko-Un allait lui remettre quelques jours plus tard par l'intermédiaire d'Aya, ainsi qu'une lourde couronne en or. La première fois qu'elle s'est rendu compte que cette bague lui donnait d'étranges pouvoirs, le jour où elle est apparue sur le pont du trois-mâts pour empêcher les pirates de partir sans elle, elle était vêtue de la même robe.

Des mots lui reviennent. Elle les a lus sur un morceau de papier qu'elle avait trouvé à l'intérieur du couvercle de la boîte qui contenait la bague : « Quand les trois tu posséderas, de tous tes pouvoirs souverains tu jouiras. »

Se pourrait-il que « les trois » soient la bague, la robe et la couronne ?

Tila n'a pas le temps d'y songer davantage. On frappe à la porte.

– Oui ? !

Une petite Métisse d'environ cinq ans entre dans la pièce d'un pas dansant, vêtue d'une jolie robe blanche qui flotte autour d'elle. Elle a l'air d'un ange.

– Je suis Terra, se présente-t-elle en souriant de toutes ses dents.

– Moi, c'est Tila.

– Je sais.

L'enfant s'approche de la jeune fille et la prend par la main.

– Viens, lui dit-elle en la tirant un peu, mon frère t'attend pour commencer la fête.

« La fête ? ! ! » fait une voix dans la tête de Tila. Mais elle demande plutôt :

– Qui est ton frère ?

– Le prince Ilian.

Un instant plus tard, Tila descend avec Terra, qui n'a pas lâché sa main, un somptueux escalier dont les deux rampes sont en cristal et qui mène à une immense terrasse où sont réunis beaucoup de gens. Lorsque la jeune fille apparaît, tout le monde se tait et tourne la tête vers elle. Elle rosit en sentant tous ces regards posés sur elle, mais continue d'avancer d'un pas digne.

Lorsque Tila arrive en bas de l'escalier en compagnie de Terra, un homme vêtu d'un costume très coloré annonce d'une voix solennelle :

– La Fille des trois terres !

Des « oh ! » et des « ah ! » fusent de toutes parts. Certains applaudissent. Étonnée et intimidée par cet accueil, l'adolescente rougit encore davantage. Terra l'entraîne vers le côté de la terrasse où on peut voir, sur une estrade, deux trônes dorés. L'un est vide ; l'autre, occupé par une personne dont Tila ne voit que les pieds, car elle est cachée par un homme qui lui parle, debout en face d'elle. Alors que la Fille des trois terres traverse la terrasse, les invités de la fête s'écartent en s'inclinant respectueusement pour la laisser passer.

Quand elle arrive tout près des trônes, Tila constate avec incrédulité que la personne qui est assise sur celui de droite n'est nul autre que le beau juge…

– Assieds-toi, lui dit-il en tapotant le siège du trône vide.

Tila ne se le fait pas dire deux fois, car elle a les jambes un peu molles, tout à coup. Une fois assise, elle se tourne vers le jeune homme et lui demande d'une voix étouffée :

– Tu es le prince Ilian ?

– Oui, répond-il simplement.

– Mais je croyais que tu étais juge…

– Notre vieux juge est mort ce matin… Il fallait bien que je le remplace… Un prince, de toute façon, doit bien être juge à ses heures, n'est-ce pas ?

– Sûrement, admet Tila.

– Mais j'ai bien peur de ne pas avoir fait preuve, dans ce procès, de la plus grande objectivité…, ajoute-t-il en lui faisant un de ses si charmants sourires. Je manque cruellement d'expérience… et l'accusée était trop…

Trop quoi ? Tila ne le saura pas… car un roulement de tambour interrompt le prince qui se lève en lui prenant la main pour l'obliger à en faire autant. Une fois qu'ils sont tous les deux debout devant les trônes, magnifiques, tout le monde les acclame en criant encore et encore : « Vive la Fille des trois terres ! » « Vive le Fils des trois terres ! »

Surprise, Tila demande à voix basse au prince Ilian :

– Mais pourquoi il y en a qui disent « Fils des trois terres » ? Ils ne voient pas que je suis une fille ?

La réponse du jeune homme, qui plante ses yeux dans les siens, lui coupe les jambes :

– Je *suis* le Fils des trois terres…

En disant ces mots, il avance sa main gauche vers elle. Au majeur, il porte une bague identique à la sienne.

« Badaboum ! » fait le cœur de Tila.

« Après tout, moi aussi, j'ai mangé une de ces noix de coco…, se dit-elle. Peut-être que je crois être en ce moment sur cette terrasse alors qu'en vérité je suis couchée sur une plage en train de délirer… »

Tila ne peut s'empêcher de sourire alors que ses yeux rencontrent ceux du prince Ilian qui lui sourit aussi.

« Mais quel magnifique délire ! » conclut-elle en sentant une grande joie l'envahir.

Il l'a prise par la taille et l'a entraînée vers le centre de la terrasse. Tous se sont poussés pour leur faire de la place. Depuis, ils n'ont cessé de danser; pas les yeux dans les yeux comme le font les amoureux, mais sautant et tournant dans tous les sens comme deux jeunes gens qui ont envie de s'amuser.

Un orchestre, composé d'une dizaine d'hommes et de femmes, joue une musique au rythme endiablé sur des instruments que Tila n'avait jamais vus. Par-ci, par-là sur la terrasse, il y a des hommes qui crachent du feu; des acrobates qui exécutent mille pirouettes; des danseuses qui font gracieusement tournoyer au-dessus de leur tête de longues bandes d'étoffe de toutes les couleurs; des magiciens qui font sortir de leur chapeau des pample-mousses et des chauves-souris; des jongleurs qui lancent haut dans les airs des torches en-flammées; des clowns qui font rire les enfants aux éclats; des perroquets qui répètent tout ce que les gens disent autour d'eux, en mettant certains dans un terrible embarras.

Tila s'amuse comme une folle. Parfois, une question se présente à son esprit; alors, elle ralentit la cadence et s'approche un peu plus d'Ilian pour l'interroger.

– Ho et Nion ont fait une grimace de dégoût quand ils m'ont vue, tu sais pourquoi?

– C'est à cause de tes cheveux, répond le prince, confirmant ce qu'elle avait pensé. Sur l'île de la Destinée, nous avons un seul grand ennemi : le pou ! Un grand nombre de légendes circulent sur ces bestioles. Alors, les gens en ont tellement peur qu'ils préfèrent se couper les cheveux très court, parfois même se raser, pour être sûrs qu'une famille de poux ne viendra pas s'installer sur leur cuir chevelu. Ils croient par exemple que les poux peuvent entrer par nos oreilles pour nous grignoter le cerveau, qu'ils rendent les enfants idiots, les femmes indolentes et les hommes stériles. Je fais de mon mieux pour leur sortir toutes ces bêtises de la tête, mais il n'y a rien à faire… Le non-sens est plus coriace que le sens ! Je me tue à essayer de leur faire comprendre qu'on peut avoir des poux quand on a les cheveux courts, que seule la vigilance permet de venir à bout de ces affreux parasites, mais non, ils ne me croient pas ! Pour eux, une longue chevelure est tout simplement synonyme de nid à poux…

Ilian attrape Tila par les épaules pour l'attirer vers lui et lui dit à l'oreille :

– C'est pour ça que je suis obligé de cacher mes cheveux sous un turban. Ils sont presque aussi longs que les tiens. Pour rien au monde je ne voudrais les couper, car il est écrit : « Celui aux cheveux longs endure le feu, celui aux cheveux longs endure le poison, celui aux cheveux longs endure les deux mondes. »

Reprenant son air mutin, il ajoute :

– Et je te jure que jamais un pou n'a élu domicile sur ma tête !

Tila rit de bon cœur. Encore quelques pas de danse d'un côté puis de l'autre, et elle lui dit :

– Quand j'étais dans la forêt du pays des tchous, j'ai entendu un oiseau affirmer qu'il avait vu passer un homme qui me ressemblait… Tu sais de qui il s'agit ?

Cette fois, c'est lui qui éclate de rire.

– Combien de noix de coco avais-tu mangées ?

– Ah ! ah ! Alors, moi, j'ai le droit d'en manger ? !

– Bien sûr ! Puisque tu es assez grande pour grimper dans les cocotiers !

Ils rient tellement, tous les deux, que les gens qui les entendent rient aussi. Leur joie se répand autour d'eux comme une vague de bonnes vibrations qui rend heureux tous ceux qu'elle touche.

– Mais dis-moi, Ilian, si je suis la Fille des trois terres et que tu es le Fils des trois terres, est-ce que nous sommes frère et sœur ?

– Nous sommes tous frères et sœurs, Tila, car nous venons tous du Père et de la Mère. Nous sommes tous les enfants de la Nature.

Nous sommes un. Mais, dans le sens où tu l'entends, non, nous ne sommes pas frère et sœur. Mon père n'a jamais connu ta mère, et ton père n'a jamais connu la mienne.

Ilian prend le visage de Tila entre ses mains et, plongeant son regard dans le sien, il lui souffle dans un murmure ces mots qui la font frissonner jusqu'au plus profond de son être :

– Je suis ton double, Tila, et tu es le mien. Je suis ta partie mâle et tu es ma partie femelle. Nous sommes le yin et le yang, la nuit et le jour, la lune et le soleil, la terre et le ciel, la gauche et la droite, le nord et le sud. Nous sommes la femme et l'homme. Nous sommes l'amour, conclut-il en frottant le bout de son nez contre le sien.

En se souriant et en se regardant dans les yeux, ils continuent de danser.

Il n'y a plus rien à dire…

## 20

– Tila ! Tila !

« Aïe aïe ! cette voix me dit quelque chose… »

La Fille des trois terres, qui a un horrible mal de crâne, entrouvre péniblement les yeux.

« Enfer et damnation ! j'ai un tchou au-dessus de la tête… »

Il faut un bon moment à Tila pour comprendre qu'elle n'est plus avec le prince Ilian. Sortant peu à peu des brumes du sommeil ou de l'inconscience – elle ne sait pas trop où se situer –, elle réalise qu'elle est couchée sur le sol et que ce sol est constitué de sable. À en juger par le bruit qu'elle entend derrière elle, elle se trouve sur une plage.

– Tila ! Tu m'entends ?

Et puis, oui, c'est bien ça, elle a un tchou au-dessus de la tête ! Même qu'il s'appelle Lah !

– Qu'est-ce que tu fais ici ? lui demande-t-elle.

– C'est moi qui t'ai posé la question le premier !

– Ah bon…, fait simplement Tila qui n'a pas envie de discuter.

– Eh bien, alors, réponds! s'impatiente le tchou. Qu'est-ce que tu fais là?

– Si je savais où j'étais, je pourrais te le dire…

Tila se redresse et s'assoit sur le sable en se frottant le crâne à deux mains. Puis, promenant un regard vaseux sur ce qui l'entoure, elle constate qu'elle se trouve sur la plage où elle a débarqué lorsqu'elle est descendue de la pirogue, juste à côté du village des tchous.

– Mais qu'est-ce que je fais ici? J'étais avec le prince Ilian…

– Avec le prince Ilian?!! répète Lah, les yeux écarquillés, visiblement très impressionné. Tu étais avec le prince Ilian?! Quand je vais dire à ma petite sœur que je connais une fille qui connaît le prince Ilian, elle ne va jamais me croire! Comme toutes ses copines, elle est folle de lui! Elles ont toutes son portrait dans leur chambre. Ma sœur m'énerve quand elle parle de lui! Gue… gue… gue… on dirait qu'elle perd d'un coup la moitié de ses neurones… et Dieu sait pourtant si elle n'en a pas de trop!

Tila entend à peine ce qu'il dit. Elle continue de parler, mais plus pour elle que pour lui:

– Il m'a tendu une coupe où il y avait du vin qui était d'une belle couleur dorée et qui faisait de jolies petites bulles. C'était trop rigolo! Ça me chatouillait le nez quand je buvais. J'en ai pris deux ou trois gorgées… et puis, je ne sais plus… il y a eu comme un long tunnel noir… et je me suis retrouvée ici…

– Le prince Ilian est un grand magicien, déclare Lah sur un ton admiratif. La légende dit qu'il deviendra roi quand les deux moitiés seront réunies…

– Les deux moitiés de quoi ? demande Tila, intriguée.

– Je ne sais pas…, fait le tchou en haussant les épaules d'un air impuissant. La légende dit seulement « les deux moitiés ».

Le petit bonhomme bâille à s'en décrocher les mâchoires.

– Grâce à toi, on a fait une fête du tonnerre ! s'exclame-t-il en levant le pouce et en lui faisant un gros clin d'œil. Qu'est-ce qu'on a ri ! Mais alors là, je me sens tout raplapla ! Je suis sûr que, de tout le village, je suis le seul à être encore debout ! J'allais justement me coucher quand je t'ai vue sur la plage.

– Oui ! et tu vas dormir plusieurs jours, c'est ça ?

Lah glousse de rire.

– Hmmm ! oui ! je sens déjà le bonheur que je vais ressentir en m'enfonçant dans mes coussins moelleux.

Tila sourit. Elle avait l'intention de construire une grande échelle pour les tchous quand elle repasserait dans leur village. Mais il vaut mieux oublier ça! Elle n'a pas envie d'avoir à copier encore et encore la même phrase quand elle reverra le prince Ilian… car oui, tiens, elle en a soudain la profonde conviction: elle reverra le prince Ilian!

La Fille des trois terres se penche vers Lah.

– Tu permets? lui demande-t-elle en approchant ses mains de lui.

– Oh oui! répond-il avec enthousiasme.

Elle le prend dans ses mains, le soulève jusqu'à son visage et dépose un baiser sur le bout de son minuscule nez. Le petit tchou gazouille de bonheur.

– Mais où tu vas?! s'écrie-t-il, affolé, lorsque, après l'avoir remis par terre, elle lève le bas de sa robe pour s'avancer dans l'eau.

– Je rentre chez moi!

– Mais, Tila, comment tu vas faire?

– Je vais nager comme ton grand-papou voyageur!

Cette fois, le tchou rit aux éclats en tapant dans ses mains. Alors que Tila a de l'eau jusqu'aux genoux, il lui lance:

– Ah, tiens, au fait, j'ai rencontré à la fête une adorable fée qui m'a dit de te saluer si jamais je te revoyais avant elle… D'ailleurs… euh… quand tu la verras…, ajoute-t-il en rosissant d'émotion, est-ce que tu pourrais lui dire que… euh… j'aimerais bien la revoir?

– Tu peux compter sur moi ! répond Tila, attendrie.

– Tu sais que tu as l'air d'une princesse, habillée comme ça ? ! crie encore Lah.

La Fille des trois terres lui sourit une dernière fois, puis elle tourne la tête vers l'horizon et disparaît…

Gabriel sursaute de frayeur lorsqu'il voit Tila se matérialiser de nouveau devant lui, à l'endroit précis où elle s'était évaporée. Abasourdi, il cesse de ramer pour déjouer ce courant qui l'emportait vers le *Joyeux César*. De toute façon, cela n'est plus nécessaire car, comme par enchantement, le courant s'inverse et le ramène vers son amie.

C'est que, ici, de ce côté du voile invisible qu'a traversé la Fille des trois terres, à peine quelques secondes se sont écoulées entre le moment où elle est partie et celui où elle est revenue. Gabriel est assommé. Les premiers mots qui lui viennent à l'esprit sont ceux-ci : « Je suis fou ! »

Le pauvre garçon n'a même pas eu le temps de se remettre du choc qu'il a eu en voyant la jeune fille qu'il aime disparaître sous ses yeux que, déjà, il a le choc de la voir réapparaître. Il ne sait plus quoi penser. Il aimerait pouvoir croire qu'il a une hallucination, provoquée par la commotion qu'il vient de subir, par l'intensité des rayons de soleil se reflétant sur la surface de la mer ou par Dieu sait quoi encore… Mais non, il n'a même pas ce mince réconfort.

En fait, ce qui le bouleverse encore plus que le fait de voir Tila réapparaître, c'est que quelque chose indique clairement qu'elle est passée dans un autre monde et en est revenue : ses vêtements. En effet, elle porte une magnifique robe couleur rouge sang, un turban doré sur la tête, de somptueux bijoux en or autour du cou et des bras.

On dirait une princesse sortie du néant.

– Tila ? finit par dire Gabriel. C'est bien toi ?

La jeune fille lui tend la main en souriant. En le voyant là, elle a tout de suite compris que le temps ne s'était pas écoulé de la même façon dans les deux mondes. Aussi peut-elle imaginer ce que son ami ressent.

– Oui, c'est bien moi, Gabriel. Ne t'inquiète pas, tout va bien. Et ne crois surtout pas que tu es fou. Tout ce que tu vois est bien réel.

Lorsque le garçon regarde la main qu'elle lui tend, ses yeux s'arrondissent encore davantage. Ceux de Tila en font autant car, suivant le regard de Gabriel, elle voit quelque chose qu'elle n'avait pas encore remarqué. Elle a, sur l'avant-bras, un tatouage qui représente trois petits cercles entourés par un serpent…

Tila s'assoit dans la pirogue et dit doucement en prenant une rame :

– Allez, Gabriel, rentrons au bateau !

Lorsque, quelques minutes plus tard, elle met les pieds sur le pont du *Joyeux César*, la Fille des trois terres tient toujours dans sa main droite les escarpins dorés qu'elle a enlevés sur la plage avant d'entrer dans l'eau. Sous le regard médusé de ses amis et des hommes qui ont décidé de la suivre, sans prendre le temps de donner la moindre explication, elle annonce sur un ton autoritaire :

– On hisse les voiles et on met le cap sur la Martinique, plus précisément sur Le Prêcheur. Nous devrions y être avant la tombée de la nuit.

Voyant Catherine blêmir, elle ajoute avec un sourire en coin :

– Ne t'en fais pas, mon amie, ce n'est pas pour te ramener chez tes parents. J'ai juste rendez-vous avec un homme qui prêche…

Elle ajoute tout bas, comme pour elle-même :

– Si c'est bien ce que je pense, cet endroit est une étape sur la route qui mène au trésor de Joseph Lataste. Mais qui sait si cette route n'est pas aussi celle que je dois prendre pour accomplir ma mission de Fille des trois terres ?

Sur ces mots, Tila s'accoude au bastingage et regarde l'île de la Destinée qui, bientôt, commence à s'éloigner. Une larme coule sur sa joue, car elle comprend au plus profond d'elle-même que rien, désormais, ne sera plus pareil...

À suivre...

La production du titre *Tila, L'île de la Destinée* sur 6 349 lb de papier Rolland Enviro100 Édition plutôt que sur du papier vierge aide l'environnement des façons suivantes :

Arbres sauvés : 54
Évite la production de déchets solides de 1 556 kg
Réduit la quantité d'eau utilisée de 147 144 L
Réduit les émissions atmosphériques de 3 416 kg

C'est l'équivalent de :

Arbre(s) : 1,1 terrain(s) de football américain
Eau : douche de 6,8 jour(s)
Émissions atmosphériques : émissions de 0,7 voiture(s) par année